古玩人生

之五 天價爭鋒

鬼徒／著

古玩人生之五 天價爭鋒

目錄

第一章

相面與色譜

賈似道本想在「相面」上也撈一把，
只是，一來賭注有點小；
二來賭「色譜」需要考慮到翡翠的顏色，
牆壁上的「色譜」，僅是部分區域顏色不同，
賈似道感慨著，哪怕他現在的特殊能力感應再純熟，
也沒有辦法達到感覺出翡翠顏色的地步。

大凡賭石發家的，恐怕也沒有誰會特別在意這百萬的輸贏。要不然，在平洲時，楊總、金總的賭垮，輸贏又何止是百萬？早就傾家蕩產不敢再玩了。

而且，這高檔的翡翠原石，收入價一般都是幾百上千萬，誰沒個切垮的時候？

所以，別看這些賭石商人，有時候顯得斤斤計較，一百、一千塊錢，都能狠下心來砍價，那是因為翡翠原石不值這個價錢。一旦有好的翡翠原石，那價格就是幾萬、幾十萬地砍了！

歸根結底，還要看投入和獲益之間的比例關係！

對此，賈似道淡淡地說了一句：

「劉兄，我們只是說，你這塊翡翠原石不適合參加『殺嫩』而已，可沒說晚上就不參加了哦。」

說話間，眼神所看向的地方，赫然就是賈似道花六千塊錢賭來的兩塊翡翠原石中的一塊！

不過，對於劉宇飛所說的話，賈似道心底裏還是頗為認同的，似乎在不知不覺之間，賈似道的心態，也在這短短的一兩個月內，發生了翻天覆地的變化。在此之前，誰要是告訴賈似道，他可以花費上百數千萬的錢，來收購一塊石頭的話，打死他也不會相信的。

劉宇飛頓時一愣，下意識地就說了一句：「小賈，你這話是什麼意思？」

其實，不光是劉宇飛好奇，在王彪心裏也感到奇怪，以他對賈似道的瞭解，對方並不是一個不知輕重的人。

兩個人不禁一起順著賈似道的目光看去，在看到那兩塊翡翠原石之後，臉上的神情也就更加驚訝了！

「小賈，你該不是準備拿這兩塊翡翠原石，去參加『殺嫩』吧？」幾個人沉默了一會兒之後，最終還是王彪問了一句，那話裏的濃濃疑問可以清晰地聽出來。

「嗯。」賈似道很肯定地點了點頭。

一邊的劉芳和師師，也詫異地看了賈似道一眼，至於李詩韻，表現得似乎比賈似道本人更緊張。

王彪聞言，什麼勸說也沒有，直接就走到賈似道的翡翠原石邊上。認真地察看起來，就連劉宇飛也走了過來。兩個人一起對著翡翠原石，一邊看，一邊小聲討論起來。

這場面被不知道狀況的人看到，還以為是王彪在現場教學呢！

賈似道看著「呵呵」一樂，隨即自然而然走到李詩韻身邊，溫柔地抓起了她的手，感覺到那份熟悉的柔軟中，還帶有一股微微的涼意。

賈似道輕鬆地說了一句：「李姐，不用擔心，不就是一百萬嘛，用劉兄的話來說，男人嘛，都是富有賭性的！」

聽到賈似道的話，李詩韻內心似乎安定了不少。

「小賈，我是越來越看不懂你了。」

也許是看罷了翡翠原石，實在看不出個究竟來，王彪站起身來對賈似道說：

「你真的打算就用這塊翡翠原石去參加『殺嫩』遊戲？刺激是刺激了，不過賭注也不小啊。」

這最後的一句話，王彪還是表露了他對這塊翡翠原石的不看好，畢竟，一百萬的錢扔到水裏了，還是能砸出個聲響來呢！

「沒事，既然都來了，總要參與一下的。不然，心裏堵得慌！」賈似道說道，轉而看了看還在認真察看翡翠原石的劉宇飛，說：「劉兄，這塊翡翠原石，在規格上應該可以參與『殺嫩』吧？」

劉宇飛聞言，用手掂了掂翡翠原石，點了點頭，說道：「重量倒是差不多。不過，小賈，你真的不考慮換一塊翡翠原石？」

「不如，你有什麼好的翡翠原石，推薦一下？」賈似道打趣似的說了一句。頓時，幾人之間的氣氛變得緩和了不少。

「去你的。」劉宇飛沒好氣地白了賈似道一眼。

劉宇飛接著說道：「要是我自己有合適的翡翠原石，哪裏還輪得到你去參加『殺嫩』啊。」說著，劉宇飛還頗有些可惜地歎了口氣。

劉宇飛又低頭看了看錶，說道：「既然小賈你都決定了，我看時間也差不多了，不如我們現在就一起去那邊吧，畢竟，這『殺嫩』可是需要趕在眾人前頭的。」

「不錯，『相面』的投注截止時間雖然是九點，不過，像我這樣眼力不行的商人，也的確是應該早到一步，多花點時間看看翡翠原石。要不然，到時候打眼，輸錢事小，丟了面子可是大事。」王彪在一邊，也很有默契地點了點頭。

只不過，他的話卻讓賈似道和劉宇飛，一起狠狠地鄙視了一下。

要是王彪都眼力不過關的話，那他們這些年輕一輩的，壓根兒就不用出來混了。

因為一行六個人，不好全部坐進劉宇飛的車裏，最終，王彪和劉芳決定還是搭車跟在後邊。

師師自然是坐在副駕駛座了。不過，就在賈似道和李詩韻還沒上車的時候，師師倒是對著劉宇飛小聲詢問了一句：「飛飛，你的朋友真的準備拿那塊翡翠原石去參加『殺嫩』啊？」

見到劉宇飛不在意地點了點頭，師師嘀咕了起來：「你怎麼也不勸一勸他啊，這可是『殺嫩』，又不是殺老，殺的就是他這樣的，什麼都不懂就一頭扎進去的新人，而且……」

正想說點什麼呢，賈似道和李詩韻已經打開了後排的車門，師師頓時住口不語了。

賈似道有意無意地對她微微一笑，師師卻難免有點心虛地低下了頭。

一行人很快就來到了此行的目的地，這裏的場面還真是熱鬧。賈似道很難想像，在內地地區，竟然賭石還有這麼大規模的。

在賈似道想來，一般的所謂地下賭場，至少應該是偷偷摸摸的，最起碼應該找個偏僻的地方。就好比賈似道先前在河南那邊參加的古玩地下黑市一樣。

而眼前的這個場地，是一個陽美村內的翡翠加工廠，門口有不少車輛停著，似乎，在這個夜晚，整個陽美村的熱鬧全部都集中到這裏了。人們臉上的神情，絲毫沒有避諱是前來參加賭石的。

在廠房門口，豎立著巨大的燈柱，閃現著五顏六色的霓虹燈光芒，這也讓賈似道一行六人，感受到一種獨特的魅惑！

不過，就在六人剛靠近廠房門口的時候，卻注意到，在門口處，有不少看似閒人的人員，在不斷來回走動著，在更遠的地方，比如廠房所在街道的拐彎處，也有幾個這樣的人在巡視著。這恐怕就是陽美人自己的防範舉措吧？

「走了。」劉宇飛輕輕拍了拍賈似道的肩膀，然後挽起師師的手，倆人率先走進了廠房內，到了門口處，還對著門口那幾位年長者輕輕地點了點頭。

此刻，劉宇飛本地人的優勢淋漓盡致地顯現了出來。

隨後，王彪和劉芳，也有樣學樣地跟了進去。

賈似道摸了摸自己的鼻子，正轉頭看向李詩韻，卻見後者嫣然一笑，輕柔地挽起賈似道的手，緊隨王彪兩個人，走了進去。那嫺熟的動作，在旁人看來，一定會認為是一對溫馨的情侶或者小倆口。

眾人在走進廠房的大門之後，發現雖然現在時間還有點早，裏面卻已經來了不少人了。

廠房內的燈光非常亮，相較起門口的霓虹燈，這裏的明亮程度，沒有那種翡翠行家看貨的時候，刻意營造出來的昏暗氛圍。

而最先出現在幾人眼前的，自然是「相面」的區域了。

這裏空間比較大，賈似道略微打量了一眼整個廠房的架構，感覺整個「相面」區域，差不多佔據了廠房三分之二的空間。

不過，想到「殺嫩」是在「相面」之後才會舉行，到時候，恐怕是整個廠房內的人，都會圍觀「殺嫩」的刺激場面吧？

「小賈，不如你和小劉先到後面去報個名吧。」

王彪也許是對於這樣的地方，適應得更加快捷一些，對賈似道幾人說道：

「至於我嘛，就先在這邊好好看看這幾塊翡翠原石好了。順帶著，也去看看陽美的行家，究竟會給出什麼樣的切面圖來。」

在這裏，完全不用人介紹，賈似道一行人，就可以在廠房兩面的牆壁上看到一排排的圖片，邊上人稱之為「色譜」，正是今晚準備「相面」的翡翠原石的切面的圖片。一邊四排，一排十張。

賈似道看到區域中央的位置，擺放著八塊翡翠原石，大小不同，被分成了兩排。每一塊翡翠原石的下面，是一個木質墩子，每兩個相鄰墩子的間距，比較統一，在三米左右。並且在墩子上，還掛著從一到八的號碼牌。而一些準備參與「相面」的人，這會兒自然是開始圍繞著不同的墩子，打量起翡翠原石來了。有三五成群的，也有單獨拿著放大鏡觀看的。

劉宇飛介紹道：「在等會兒下注的時候，完全可以選擇其中的一塊翡翠原石進行下單，也可以每一塊翡翠原石都下注，甚至你還能在某一塊翡翠原石上下不同的單子。當然，前提是你必須排隊。」說著，劉宇飛還指了指邊上的一個收費處。

那裏可是已經站著不少人了，更有心急的賭徒，開始排隊下注。

而一旦有人開始下注之後，整個賭場的氛圍也一下子變得緊張起來。

哪怕原先無心下注的人，站在這樣的環境裏，看著這樣的一群人，內心裏也會變得蠢蠢欲動……

很難說清楚，這是一種什麼樣的感覺。賈似道的心中，微微的泛著一絲波瀾。轉頭看了眼身邊的李詩韻，這會兒，在李詩韻的臉上，也洋溢著一絲欣然的神情，就好比是那剛剛盛開的花朵，在此時此刻，愈發散著濃濃的誘惑力。尤其是李詩韻的眼神，哪怕她並不是一個賭石的高手，也不是專門從事賭石行業的人，但在看著那些木墩上的翡翠原石的時候，那種由內而外流露出來的一絲神往之色！

淡淡的，卻並不過份。適可而止！

彷彿陪伴在賈似道的身邊，在這一瞬間，成為了與生俱來的本能一樣。

劉芳，以及師師都各自去查看起那些翡翠原石的時候，李詩韻還站在賈似道的邊上，挽著賈似道的手，也始終保持著從門口進來時候的狀態。著實是讓賈似道感覺到十足有面子。

連帶著，劉宇飛看著師師，王彪看著劉芳的時候，那無奈的神情，落在賈似道的眼神中之後，就別有一番深味了！

「走吧，先不忙下注，也不著急察看那些翡翠原石，等會兒會有特別安排的時間用來專門察看翡翠原石的。」劉宇飛訕訕地收回了看向師師的目光，轉而對賈似道和王彪說道：「不如，我們先去見識一下，陽美村的行家們，究竟是有了如何的預判的。」

說話間，劉宇飛還指了指廠房牆壁上的那幾排「色譜」。

「也好。」王彪看了一眼賈似道和李詩韻，到了此時依然是成雙成對的，臉上不禁露出了一絲曖昧的笑容，說道：「先看看『色譜』也不錯，總好過在這邊乾站著。說不定，還會礙著人家的好事呢……」

這話頓時惹來賈似道和李詩韻的一起鄙視：為老不尊！在打鬧中，四個人一起走到了廠房的邊上。

這時，賈似道才看清楚，在整齊排列著的一行行「色譜」下面，還分別標注著清晰的標記。根據每一塊翡翠原石標號的不同，「色譜」也被分成了從甲號到癸號，就好比你要賭第一塊翡翠原石的「相面」，選中的是第二張的「色譜」。

那麼，你下注的時候，就是「一乙」號！

這種簡單明瞭的標記，能讓賭徒們很容易分辨出自己下注的目標，賈似道不禁心裏感歎，這裏每一個規則的出現，都可以襯托出賭場的一份獨特歷史底蘊。

除去那些木墩上圍觀翡翠原石的人之外，就要數在「色譜」前面圍的人最多了。賭徒們，二個一夥、三個一群地仔細地打量著。一邊看，一邊還和自己腦海裏對於翡翠原石的判斷進行著比較。另外，還偶爾有相互認識的人交流一下。

只是，當賈似道想要去靠近，聽一下他們都說些什麼的時候，那幾個人卻很警惕地察覺到了賈似道的舉動。他們很詫異地看了賈似道一眼，還有一個年輕男子淡淡一笑，然後道：「哥們看著挺眼生的，是第一次來吧？不知道人在討論的時候，不能偷聽？」

那話語裏透出的意思，好像是生怕賈似道跟著他們的討論結果而下注一樣，著實讓賈似道哭笑不得。

「怎麼樣？」劉宇飛似乎是故意到了這個時候才走到賈似道的邊上，說了一句：「是不是被人誤會了？」

看到賈似道那默然的神情，劉宇飛也不取笑，拍了拍賈似道的肩膀，說道：

「其實，你就當這裏是真正的賭場，就對了。」

要是真正的賭場，一般的情況下，也沒有誰會去關注別人的下注吧？

「對了，你看得怎麼樣了？」賈似道不禁詢問了一句。

「也就那樣唄。」劉宇飛訕訕一笑，說道：「其實，這『相面』就是圖個熱鬧，或者直白地說，就是提供一個氛圍，讓大家認識的、不認識的，找個地方好好聚一聚而已。這樣的形式，可要比召開會議什麼的，更容易調動大家的積極性！你可別小看這樣的一個賭場，只要它還存在，陽美的賭石行業勢必繼續欣欣向榮！」

「嗯，說得有點道理。」

賈似道咂吧幾下嘴巴，說道：「被你這麼一說，我都有些按捺不住了。既然來了，那我們也去玩一把吧？」說著，還真的開始認真察看起「色譜」來。不過，與此同時，在廠房門口處，也走進來幾個賈似道熟悉的人。

郝董、董經理就不用說了。既然王彪在遇到劉宇飛之前，就已經對此有興趣了，那麼又怎麼少得了他們兩個人呢？

另外，還有幾個是賈似道在平洲認識的翡翠商人，當然，大家都已經在洪總切石的時候見過了，這個時候即便看到了，也是用眼神互相打個招呼就可以了。陽美村就這麼點大的地方，只要有些門路的，總歸還是能繼續遇到的。

要說這些人不是衝著翡翠公盤來的，恐怕也沒人會相信。

倒是金總、楊總以及嫣然的到來，讓賈似道心裏感覺到有些詫異。

倒不是說他們三人不該來這裏，實在是先前進來的那些翡翠商人們，似乎身邊都帶著幾個女人，就好比賈似道一行六人一樣，三男三女，非常般配。

再看整個廠房內的人，除去陽美村本地的賭徒以外，外來的客戶大多都是這麼個組合。

這會兒，倒是男男女女穿梭在一起，很難具體分辨出來。但在賈似道看來，這樣的賭場，說是賭上一把，還不如說是前來休閒一下來得更合適一些。

從門口突然走進門來的人，自然成為了大家比較關注的焦點。金總、楊總兩個人一左一右地走在嫣然的身邊，加上嫣然的絕世容顏，絕對是惹人注目的組合。

對此，賈似道只能是搖頭苦笑。彷彿是感應到紀嫣然的到來一樣，本是一個人兀自打量著賭場的李詩韻，很快就回到了賈似道身邊，然後拉著賈似道一起走向紀嫣然。

不管怎麼說，這也算是有點他鄉遇故知的感覺。

「看來，小賈你的門路還挺廣啊。」金總有些淡淡地笑著，說了一句。讓人感覺不出他心中的真實想法。

賈似道也不在意，待到李詩韻和紀嫣然打過招呼之後，才對三人點了點頭。反倒是楊總看著賈似道和李詩韻這麼走在一起的親昵舉動，微微一愣，轉而就說：

「小賈應該也來了一會兒了，怎麼樣？和我們幾個說說，今天晚上的翡翠原石成色怎麼樣？」

「呵呵，我也是剛到而已。不如大家現在就一起去看看？」賈似道邊說著，邊做了一個請的動作。

「也好。」楊總欣然點頭。邊上其他一些單身年輕男子看到李詩韻和紀嫣然這麼兩個美女站到一起之後，神情上有些蠢蠢欲動。奈何賈似道、楊總、金總三人，實在是有些臉生，他們也不好在不知底細的情況下就貿然上前搭訕。

眾人信步來到五號翡翠原石的邊上，察看的時候沒什麼順序，哪裏比較空就走到哪裏，大家幾乎都是這樣的。賈似道仔細地看了一眼，發現在翡翠原石中間的位置，已經用墨筆劃出了一條切石線。

待會兒切石的候，切石機的砂輪就是按照這條線來進行切割的。這八塊翡翠原石的正後方，已經擺上了一台大型切割機。

再看五號翡翠原石，個頭不大，也就是兩個拳頭大小，至於外表皮的表現，在賈似道的眼裏，一點兒都算不得高檔，即便拿到外面的翡翠毛料市場上，估計也是一萬元左右的價格。

不過，這「相面」的遊戲，對於翡翠原石的要求本身並不高。賭的是大家對於翡翠原石內部的判斷，哪怕就是一塊廢料，也同樣可以搬到木墩上來的。

忽然，賈似道在觀察翡翠原石時注意到，邊上的金總竟然已經悄無聲息地就從口袋裏拿出了一個小本，對著木墩上的翡翠原石，一邊看一邊記錄著什麼。想來應該是關於翡翠原石的切面，可能出現的情況。

「還是金總有準備啊。」賈似道不禁笑呵呵地說了一句。

說起來，真要是衝著這「相面」的賭注來的人，倒的確是有一些基本準備的，就好比筆、紙，畢竟這裏的翡翠原石可不止一塊。下注的時候，也是一次性選擇很多號來下，總有記不太清楚的時候。

不過，賈似道先前已經轉過一圈了，發現除了那種眼睛裏泛著精光的絕對賭徒之外，絕大多數的人，在圍觀著翡翠原石的時候，都是比較輕鬆和愜意的。

對此，劉宇飛還特意解釋過：主要是每一次下注的時候，金額是固定的，也就是每注一百塊。同一個號，比如說「一丙」，最多只能下一百注。

而從機率上來說，每塊翡翠原石的十張「色譜」，買一注，就有十分之一獲勝的機會。

而賠率，同樣是一賠十！

仔細算來，每塊翡翠原石，只要你認準了，並且押對了，還是下了滿注的情況下，也就是最多十萬塊錢的盈利。這樣的數額，對於大翡翠商人們來說，自然是可有可無的，權當是一次玩鬧好了。完全沒必要對著一塊翡翠原石，拚命較勁！

於是乎，在賈似道客套的話語之下，金總的臉色，倒是變得有些訕訕的。想要把小本收回去吧，不太合適；想要繼續記錄些什麼吧，又覺得有失身分。

賈似道心裏笑笑，這也算是報了剛才進門時，金總對於他的那句揶揄的話了。最終，還是楊總幫忙解了圍，說了句：「沒事，大家都是玩玩的，我們又是第一次來，事先有點準備也是應該的。」

不過，說到最後，楊總自己卻沒有什麼心情去察看翡翠原石了，而是把更多的精力放在紀嫣然身上。

似乎只要紀嫣然和李詩韻兩個女子，想要去察看哪一塊翡翠原石，他就會在邊上緊緊跟隨著，認真地看了看原石之後，再說出一些自己的見解。而在隨後察看「色譜」的時候，也同樣如此。

賈似道本來還存著想要在「相面」上也撈一把的打算。只是，一來這賭注實在是有點小；二來，賭「色譜」終究還是需要考慮到翡翠的顏色，牆壁上的那些「色譜」，僅僅是部分區域的顏色不同，這讓賈似道感歎著陽美人對於賭石的精通的同時，也心裏感慨著，在這一點上，哪怕就是他現在的特殊能力感應再怎麼純熟，也沒有辦法達到能夠感覺出翡翠顏色的地步。

第二章

殺嫩遊戲

「這還真是個有意思的晚上。」
賈似道聞言，臉上的表情很淡漠。
這「殺嫩」遊戲，恐怕是揭陽的翡翠公盤之前
最後一個刺激的遊戲了？
看看周圍瘋狂期待的人群，就可以想像出，
在翡翠公盤上，究竟會遇到什麼樣級別的競爭了。

一行人，和大多數的賭徒一樣，來回地在翡翠原石以及兩邊的牆壁之間走動著，不斷比照著牆上的「色譜」和自己內心裏對於翡翠原石的判斷，幾趟下來之後，賈似道倒是放鬆了心態，臉上的神情也越來越隨意了。

正琢磨著是不是匆匆下幾注，然後去「殺嫩」區域的時候，李詩韻忽然走到賈似道的身邊，先是暖暖一笑，隨後說了一句：「小賈，這八塊翡翠原石中，你覺得哪幾張『色譜』會中啊？」

「那個，我怎麼知道啊。」賈似道不禁下意識地摸了摸鼻子，苦笑著說：「李姐，你自己看著辦不就好了？」

「那是，你老姐我，當然有自己的打算啦。」

李詩韻很俏皮地說了一句，「我就是想知道小賈你的眼光，是不是跟我一樣嘛。」

聽到這裏，賈似道小聲笑了起來。說起來，女人的想法，有時候的確很浪漫，就比如參加這一次「相面」的賭注。要是賈似道說出來的號牌，能夠和李詩韻心中所想的一樣的話，在李詩韻看來，自然就是一種兩個人之間心有靈犀的小浪漫了。

不過這種默契，賈似道明白是不太可能出現的。一個號牌可是十比一的機率，連起來有八個號牌呢。這機率算起來，要全部押中的話，就是一億分之一了。如果這樣都能押中，那真不如直接去買彩票來得划算。

看著李詩韻那巧笑嫣然的模樣，賈似道很有一種想去刮一下李詩韻瓊鼻的衝動，好在這時他的手還被李詩韻握著。

賈似道只能打趣地說：「敢情李姐你是想要先探一探我的底啊，我就不告訴你。」說完，連賈似道自己都不禁「呵呵」地笑起來了。

李詩韻沒好氣地忍不住捶了賈似道肩膀一下，她嬌嗔道：

「小賈，我看你是對自己沒信心吧。不如，老姐和你打個賭如何？我們誰也不看誰下注。等到翡翠原石全部切出來之後。看誰下注的號牌壓中的比較多，就算誰贏，怎麼樣？」

「好啊。」賈似道很欣然地點了點頭，「賭注呢？」

「嗯，賭注，你老姐我暫時還沒想好呢。」

李詩韻猶疑了一下，甩頭說道：「哼，想到了我也不告訴你。你就等著輸吧。」說完就向紀嫣然那邊走去，兩個人開始小聲地說著什麼。

李詩韻小女人的情態，一時間讓賈似道的心情好了很多。連帶著，看著牆壁上那五花八門的「色譜」，都覺得可愛了不少。

原本他並不是很在意「相面」遊戲，在李詩韻的帶動下，賈似道也變得重視起來了，看來是要好好看看那八塊翡翠原石。要是真能憑藉自己的眼力勝過李詩韻，也是一種樂趣。

無意間瞥見，這會兒楊總倒是走到了紀嫣然的邊上，許是在說著什麼。

賈似道淡淡一笑，琢磨著。應該是幫忙嫣然參謀一下吧？而李詩韻，無疑也就更加占一些便宜了。恐怕。賈似道這回的賭注，還真的要輸了呢。

只是，就在賈似道還沒看完一塊翡翠原石的時候，紀嫣然似乎對著楊總金總兩人沒什麼好臉色。就連李詩韻臉上似乎也有點慍色。這倒是讓賈似道心下頗有些疑惑了，對著那邊的幾人好奇的打量了一下。

猛然間就見到。楊總很是鬱悶的瞥過來一眼。

在接觸到賈似道眼神的時候，隱隱的還有一絲埋怨。好在，兩人的目光很快的就交錯了開來，楊總也沒有續停留在嫣然的身邊，反而是和金總一道，兀自去查看起翡翠原石了。

賈似道詫異的聳了聳肩，心下裡嘀咕著：我在這邊站著好好的，就是看了一眼而已，怎麼就感覺是自己的罪呢？

當下賈似道也沒有去找李詩韻問個究竟，因為劉宇飛在這個時候，已經重新走到他的身邊，說道：「我說小賈，你看得怎麼樣了？王總那邊，可是已經下注了哦。」

「王大哥可是大行家，我只是個新人而已，當然需要多看看啦。」賈似道沒好氣地回了一句。

「看上去，你的精神不太好嘛。」劉宇飛「嘿嘿」一笑。

劉宇飛說完瞥了眼李詩韻和紀嫣然那邊，有意無意地說了一句：「該不是你的李姐，撇下你不要了吧？」

「你呀，還是顧著師師吧。」賈似道聞言無奈地搖了搖頭，「那邊的『殺嫩』情況怎麼樣了，探好底了沒有？」

「還行，晚上行家並不是很多。你參與的話，應該沒什麼問題。我們不如現在就過去吧。」劉宇飛說：「反正這裏的『相面』也沒什麼大花頭。你要是有興趣的話，趕緊下幾注單子就成了。王總可是早就下了單子，先一步過去了呢。」

「好吧。」賈似道猶疑了一下，便也填了幾注，走過去交給了李詩韻。至於每一個號牌所壓的金額數目，也就是一千塊錢而已。

向李詩韻交代了一下，賈似道就和劉宇飛一起走出去，把準備好的翡翠原石給帶上。

拿到原石之後，再重新走回來，在兩個廠區之間，有著人工的牆隔著。只開了一扇大門，門口有幾個人把守，這就是「殺嫩」的入口。賈似道正準備直接進入時，卻發現還有人伸手要小費的。劉宇飛很大方地給了兩百塊錢，這才順利地進入到「殺嫩」區。

賈似道不禁嘀咕著：「這錢還真是好賺。」

「說是小費，其實不過是門票的另一種稱呼而已。凡是準備進入到『殺嫩』區的，基本都是有錢人，誰會計較那一兩百塊錢。」劉宇飛大大咧咧地說，一邊走一邊解說整個「殺嫩」區的情況。

「殺嫩」區給人的第一印象，就是裝飾的不同，相比起外邊的區域，這裏顯得更豪華許多。

燈光繁多不說，還非常集中，全部都映照著場地中央臨時搭建的那個半米高平台上。在場地左側空地上，則放置著同一型號的十幾台先進小型電動解石機。

在場地周圍，不時有人聚集在一起，先聊著。

當平台右側的人，看到賈似道手裏是抱著翡翠原石進來的，都不禁眼神一亮。因為這裏就是主辦方收錢的辦事處，此時這些工作人員面前，擺放著一張長條形的桌子，上面放著十來個透明的玻璃罩，其中已經有五塊翡翠原石出現在玻璃罩下面。

而這五塊翡翠原石的主人，和大多數人一樣，站在長條形的桌子邊上，察看他人的翡翠原石，等著更多的人前來參賭。

「小賈，還是先緩緩，等一會兒我們再過去。」

看到賈似道就要走過去，劉宇飛拉住了他，小聲說了一句：「現在時間還比較充裕，先看看情況再說。」說著還用眼神示意了一下旁邊的人。

賈似道略微一打量，發現和他這樣手裏抱著一塊翡翠原石的商人還真不少。各個都在觀察著，要是看到有比自己帶來的原石更好的表像，恐怕他們就不會參加「殺嫩」了。

賈似道意識到，一旦決定參與，把自己的翡翠原石放到桌子上，用玻璃罩蓋起來並且交付了一百萬的賭資之後，就再沒有反悔的機會了。

此時，先兩個人一步進來的王彪，也走到賈似道的身邊，小聲勸道：「小賈，我剛才看見台上有兩塊翡翠原石，還是比較出彩的。我要是你的話，會馬上打消賭一把的念頭，真想拚一下的話，還不如等會兒開賭的時候去押注呢。」

「看來王大哥是對我沒信心啊。」賈似道掂量起自己手中的翡翠原石，說道：「我這塊翡翠原石的成色，也是很不錯的，或許會出現一個讓大家都驚訝的結果呢。」

「算了，老哥我也不勸你了。」王彪也知道賈似道的主意難以打消，感歎一聲道：「我們去看看比試的標準如何？」

三人一起走到平台正對面，在靠近鐵皮牆壁的地方，豎立著一塊牌子。上面寫著「殺嫩」的簡單規則，比如參賭翡翠原石的要求：十公斤以下，可以有微小的窗口，以方便押注的人來鑒定等等。

賈似道對於這些早已經知道，自是一掃而過，而下面所羅列出來對於翡翠原石的鑒別方式，倒是讓他多留了一個心。

規則很簡單，當時間到的時候，主持人會現場催促一遍，要是沒有人願意再增加翡翠原石，那麼桌子上已經有幾塊原石就算幾塊。到時候，會有主辦方請來的專家團，對翡翠原石進行一番初評，以確定每塊原石對應的賠率。

這時，圍觀的人就可以開始押注了。

然後就是現場解石，全部是純手工操作。一點點地把翡翠原石的表皮部分給全部磨開來。這樣一來，攜帶著翡翠原石參賭的人，完全不需要擔心在這個過程中，解石的人會因為切石不當，而損壞翡翠原石的價值。畢竟，能在這個地方解石，都算得上是行業中的高手。

至於誰能最終獲勝，在評定上有著很明確的硬性標準，為的就是免去一些頗為相近的翡翠原石之間的爭辯。

比如，在質地上，第一的，自然就是老坑的玻璃種，其次是第二的老坑冰種，第三的新坑玻璃種，第四的新坑冰種，第五的老坑豆種，第六的新坑豆種等等。至於切出六種級別以下的翡翠原石，想必也沒有人會認為還有獲勝機會了。

看到這裏，賈似道的嘴角微微一笑。

他下意識地就摸了摸自己手中抱著的翡翠原石。至少，在這第一條的品評上，自己不會落入下風了吧？

儘管如此，賈似道還有些不放心，再度趁著這個間隙，用自己的特殊能力感知了一下整塊翡翠原石。直到腦海中閃現出那屬於玻璃種質地的熟悉感覺，賈似道才長長地舒了口氣。

這時，他看到平台的桌面上，就在這一陣子的工夫，又多了兩塊翡翠原石。賈似道心中不無惡意地想到：要是等會兒自己真的一鳴驚人，一舉贏下「殺嫩」，然後說出參賭的翡翠原石是花了三千塊錢收上來的，到時候現場會不會所有人都噴血昏倒呢？

當然，儘管賈似道表面上對於自己的翡翠原石很有信心，但是內心裏，終歸還是有些猶豫的。畢竟，這「殺嫩」遊戲，並不是只憑翡翠質地的極品，就能夠完全勝出的。同一種質地情況下的翡翠，就需要看翡翠的水頭和顏色了。

水頭，可以用等距離情況下的強光手電筒來照，按照其呈現出來的通透程度來區別，對於在場的這些賭石行家們而言，這一點很容易就能區分出來。而顏色，則是以市場上的價值來衡量，比如帝王綠，自然要比陽綠來得更好一些。

而且不同的顏色之間，也是以綠為尊，紅、紫色次之！

另外，還有特別說明的就是，四色同體的為最佳。也就是說要是能切出福祿壽喜來，為最上品。當然，五色的，甚至是七彩的，那就更佳了。

真要有人切出五彩翡翠來，而且質地和水頭都還上佳的話，恐怕就是現場有人切出玻璃種的帝王綠來，也會被判定為輸家吧？

畢竟，不要說是五彩翡翠了，就是極品的福祿壽喜翡翠，都極為少見！

至於有綹、有瑕疵、有棉絮的，在評定先前這些相關的硬性等級之後，會再下降一等。這樣一來，用這些硬性條件去套每一塊翡翠原石的話，很容易就能決出勝負來了。

賈似道看著這些規定，也情不自禁地點了點頭。

不愧是陽美村，主辦方以這種老道的經驗規則舉辦賭注遊戲，還真讓人沒有什麼空子可鑽。

而在告示牌最下方寫著一行小字：

凡是攜帶翡翠原石的參賭者，必須在事前簽訂一份協議。不管輸贏，最後都必須無條件服從。至於參賭前交的一百萬元自然也算在賭金之內。

賈似道摸了摸自己的鼻子，問劉宇飛：「這裏的協議，還能具備法律效應？」

「當然不能了，這種協議無非就是走個過場而已。」

劉宇飛白了賈似道一眼，說道：「但是你想，一般參加『殺嫩』的人多少都與賭石行業有關的。要是在這裏失信於人的話，恐怕他以後也就沒機會在賭石這行繼續混下去了……」

賈似道聞言，微笑不語。

很快，隨著「殺嫩」的時間越來越臨近，區域裏保安們的神情也變得嚴肅起來。賈似道感到一種大場面來臨前的肅穆。

尤其是那些還懷揣著翡翠原石走上平台的商人們，心裏更是有些焦躁不安起來。不但要在心底琢磨著自己出手的時間，還要忍受著邊上的人群時不時掃射而來的肆意目光。

其中就有一位，或許受不了這般壓抑的氛圍，最終還是抱著懷裏的翡翠原石，默默地退出了「殺嫩」區域。

沒有人會對他表示不屑，當然，也不會有人表示贊同。

劉宇飛看著那人的背影，說了一句：「唉，還是過不了心理這一關啊。」

「你這話是什麼意思，莫非你還認識那個人？」賈似道不禁好奇地問了一句。

「也算是認識吧。其實他也是揭陽人。」

劉宇飛感歎著，說道：「怎麼說呢，只能說他在賭石上的運氣不太好吧。他眼光倒是不錯，看石的能力也有。」說著，他還瞥了一眼剛才三人所看過的那張告示牌，說道：「那邊的一百萬的賭金，注意到了吧？知道為什麼要有這樣的限制嗎？」

「莫非是為了提高門檻，而減少那些客戶們的參與？」

賈似道琢磨著，應該就是這麼個原因了。尤其是，劉宇飛到了這會兒才詢問起來，自然有著一定的深意。再聯想到剛才那人的離開，賈似道尋思著，即便自己沒有猜中，恐怕亦不遠矣！

「是啊。」

劉宇飛點了點頭，說道：「畢竟這賭場是陽美人自己舉辦的。而陽美是什麼地方，這是個但凡是個男人，就會參與到賭石行業中的地方。要是沒有這個一百萬的限制，恐怕整個陽美村裏的男人，每一次開賭都會前來參賭吧？找一塊十公斤以下的翡翠原石，還不是手到擒來的事情？」

「瞧你這話說的……」賈似道聞言，不禁苦笑。

劉宇飛信誓旦旦地說道：「我可沒說錯。在陽美村，要是找個俊男美女什麼的，或許還真不一定能很快找出來，但要說到十公斤以下的翡翠原石，隨便去一戶人家，基本上都能找得到。」

「據說，最開始的時候，這『殺嫩』遊戲，並沒有一百萬賭金，當然，那個時候，也不叫做『殺嫩』，至於具體叫什麼，我就不清楚了。反正是陽美人自己村裏人的一種遊戲罷了……

「後來隨著男人們對於這種遊戲的熱衷，好些人經常攜帶著自己淘來的翡翠原石來參加，一場切石下來，規模巨大消耗時間不說，經常都是輸的話，哪怕每一次都僅僅是十公斤左右的翡翠原石，也是個不小的損失。於是，不少人的家裏就開始出現經濟危機了。這才有了把賭場向外來人員開放的舉措！也就是現在『殺嫩』遊戲的由來了。

「這一百萬的賭金，可以很好地阻止那些純粹來搗亂的，又或者是碰運氣的人，對於那些身價上千萬上億的翡翠商人而言是沒有限制，只是一個噱頭而已。

不過有了這一百萬，也增加了不少樂趣，不是嗎？」

「你倒是看得開。」賈似道應了一句。

「那是。」

劉宇飛撇了撇嘴，說道：「這『殺嫩』最形象的一個比喻，就是一個富人之間的遊戲，專門找一些外來有錢的愣頭青們來宰！」說話間還有意無意地看了賈似道一眼。這話語裏的「愣頭青」，就像是在說賈似道似的。

說白了，劉宇飛還是不太看好賈似道手上的這塊翡翠原石。

正說話間，陸續有人上前參賭，一時間，人群中的氣氛熱鬧了不少。更有幾個大富商，似乎是在圍觀人的哄抬之下也走上了參賭平台。

賈似道抬眼發現，桌子上此時一下子有了十一塊翡翠原石。看了看時間，賈似道不再猶豫，也把自己手上的翡翠原石給擺了上去，拿到了一張「十二」號的牌子，順帶著去收費處交了一百萬的賭金，簽了份協定。

好在賭場中可以現場刷卡，倒是免去了賈似道轉賬的麻煩。

賈似道按照規則，辦理了所有手續之後，就開始認真地察看起其他幾塊翡翠原石來。尤其是王彪先前所提過的三號、五號翡翠原石。賈似道特意在它們的面前，駐足了不少時間。

別看每一塊翡翠原石，已經開了一個小窗，但因為有玻璃罩罩著，大家基本上都沒有機會去上手，這種觀看方式自然不如直接用強光手電筒來得痛快。

賈似道嘴角微微一笑：恐怕，這才是主辦方能夠獲取更多利益的舉措吧？不過，在賈似道看來，這也僅僅就是一個玻璃罩而已。

隨著賈似道動用自己的特殊能力，他的感知力開始一點點滲透進去，先是桌面上白色的布，轉而就是木質桌子，待到觸及玻璃罩的時候，那種特殊的感覺，讓賈似道不由得心裏一頓！

好在那種通透之感和玻璃種翡翠的質感，還是有著本質上的區別的。

而隨著賈似道特殊能力感知的逐漸滲透，三號翡翠原石的質地，也開始一點點呈現在賈似道的腦海中，就好比抽絲剝繭一樣，把翡翠原石那神秘表皮的面紗，給一點點地掀開來。

冰種！

果然是不可小看這些前來參與「殺嫩」的賭徒們啊。賈似道心裏感歎著，要是光從這塊翡翠原石開窗部分的質地來看，還僅僅是有點靠近冰種的質地而已。

唯一的亮點，就是這個窗口所透露出來的翡翠顏色，非常純正，屬於正綠色，也就是所謂的豔綠！連水頭也是通透無比，哪怕不用強光手電筒去照，也足以達到極品級別了。

再加上翡翠原石內部的翡翠質地，竟然還有一個變種的過程。這在如此小塊的翡翠原石中，還是頗為少見的。

賈似道琢磨著，應該是在翡翠原石表皮部分，有著一定可以預見的良好表現，難怪王彪會對這塊翡翠原石如此上心。

隨後，賈似道根據翡翠原石內部出現的翡翠結構，再去看別的翡翠原石，自然也就是一目了然了。

此外，五號翡翠原石，也是實實在在的玻璃種質地。

但是，賈似道也注意到，或許是質地過於出色的緣故，所謂魚和熊掌不可兼得，在翡翠的顏色上，竟然是淡淡的黃色。這樣的顏色，不會具備太強的競爭性。除非在切開來之後，裏面的黃色可以呈現出一種雞油黃的狀態，又或者出現變色，比如綠色、黃色夾雜在一起，更或者出現三彩。如果是這樣，這塊玻璃種翡翠原石勝出的把握就大了。

不過這種顏色上的鑒定，雖然從表皮上來看是有據可依的。但是，賭石最尋常的賭法就是「賭種」，或者就是「賭色」。這兩者的機率，都是非常低的。不然，也不會有十賭九輸的說法了。至於那些賭裂、賭蘚的，更是百分之一切漲的機率都沒有。

所謂翡翠原石內部的情況，都是虛的而已。如果只是從窗口部分所看到的這部分翡翠顏色來判斷，這塊五號的翡翠原石，應該還不如三號翡翠原石的勝率更大一些。

越是察看到後面幾塊，賈似道心裏的吃驚程度也就越大。特別是九號翡翠原石，從窗口處，就可以看到純正濃翠的綠意，尤為難得的是，水頭也是頗佳，質地又是罕見的玻璃種，這樣的翡翠原石，僅僅是開了這麼一個窗，只要貨主願意的話，在市場就可以出手個幾百萬的價格。

要不是因為個頭太小的話，估計都能直接出手個上千萬了。

這樣的翡翠原石，也要拿到這邊來「殺嫩」嗎？賈似道細心地觀察了一下，這塊九號翡翠原石的主人，是一位台灣那邊過來的翡翠商人，應該也算是翡翠行當裏比較臉熟的人物了。因為，就在他的邊上，賈似道注意到，還站著幾個在平洲認識的大商人，正笑意盈盈地小聲說著什麼。

至於其他參賭的人，看九號貨主的眼神，可就不這麼客氣了。不光是九號翡翠原石的貨主，就是一些後來的人，在遇到先前一步參賭的人時，互相之間的眼神，都不會太過客氣。畢竟，接下來可就是這麼幾個人在「殺嫩」。多一個人參與，在多了一份賭資的同時，也多了一份意外！

不過，大家在看完賈似道的這塊翡翠原石之後，卻是言行很一致地對賈似道露出善意的笑容。因為賈似道的這塊翡翠原石，實在是太普通了。就連主辦方的鑒定人員，在看到這塊翡翠原石的時候，也露出了一副哭笑不得的表情。

甚至其中的一位，小聲提醒了一句：「這位朋友，你是不是拿錯翡翠原石了？」

弄得賈似道都有些哭笑不得了。

對於擺明了是來「送錢」的人，自然是參加的人數越多，他們越高興了。一時間，賈似道站在這些參賭的人員之中，倒是頗有點如魚得水的感覺。

正琢磨著「殺嫩」遊戲是否要開始的時候，門口處走來了紀嫣然和李詩韻兩個人。此外，更多的賭徒們，彷彿像是商量好了似的，忽然就增加了不少，他們蜂擁著進入到「殺嫩」區域。

賈似道心頭一動，來到李詩韻身邊，問道：「李姐，那邊『相面』的結果怎麼樣了？」

「咯咯咯……」迎接賈似道的是李詩韻一連串爽朗的笑聲。

賈似道下意識地摸了摸自己的鼻子，嘀咕了一句：「該不是我輸了吧？」

「那是自然啦。」

李詩韻很得意地看了賈似道一眼，說道：「也不想想老姐我是誰啊。」說著，還掩嘴輕聲笑了幾下。

看到賈似道那鬱悶和懷疑的眼神，李詩韻不禁說了一句：「怎麼，你還不信啊？」一邊說一邊還特意地揚了揚手裏的兌換碼。

這也是賭場主辦方弄出來的一個噱頭。這樣一來，更容易和國際接軌。大凡是在外面參加「相面」的，都是一百塊錢購買一個籌碼，押注的時候根據押的多少，兌換給一張小票。

而現在李詩韻手中拿著的，自然是押中號牌之後，用小票重新兌換過的籌碼了。

當然，可以在「相面」結束之後，直接兌換成現金離開，也可以拿著這些籌碼進入到「殺嫩」區域接著參賭。

「那李姐你一共贏了多少？」賈似道看著李詩韻那興奮的表情，也頗為開心，但表面上卻表露出一份比較鬱悶的神情，甚至要和李詩韻斤斤計較。一方面可以讓李詩韻更加高興，另一方面是賈似道想知道，究竟以他那真實的眼力，可以相中多少。

「我嘛，自然是要比你多了。」李詩韻先是再次肯定她贏了，隨後，才接著說：「不過，小賈，你的眼力也不錯。一共八個號碼，你押中了三個呢。另外還有兩塊切出來之後，是所有的『色譜』裏都沒有的，莊家直接賠了！」

「八中三，還有兩個是空號，也就是說六中三，機率達到一半了。」賈似道一邊嘀咕著，一邊說道：「看來，我的實力也不弱嘛。」

說起來，這「相面」遊戲，更多的人在押注的時候，即便是同一塊翡翠原石，也都會押注上好幾個號牌，這樣會比較保險一些。但是，如同賈似道這樣每一塊翡翠原石都押單號，還能夠押中三張的，的確是很不錯的成績了。也難怪賈似道臉上的鬱悶情緒，一掃而空。

不過，在看到李詩韻那明眸皓齒的模樣，賈似道不禁裝著小心翼翼的模樣，問了一句：「老姐，那你一共押對了幾張啊？」

「你老姐我可是押中了六張。」李詩韻很自然地就說了一個數字，待到邊上的紀嫣然下意識地扯了扯她的衣袖，李詩韻不禁一愣，隨即臉上泛起紅暈，迅速彌散開來，煞是好看。

賈似道還有些沒明白過來，誇獎了一句：「六張，也就是說，李姐你竟然全部都押中了？」隨即感歎了一句，「這也太厲害了吧？」

不過，在見識到李詩韻的奇異表情之後，賈似道有些後知後覺地問了一句：「那李姐，我問一下，你一共下了多少注啊？」

「你還說！」李詩韻沒好氣瞪了賈似道一眼，作勢要打賈似道的模樣。

賈似道不禁呵呵笑著說：「李姐，你先在這裏陪著嫣然小姐看看，我去那邊看看王大哥的成績怎麼樣。」說話間，賈似道就跑出去老遠。

賈似道心中早有猜測，為了獲勝，李詩韻可能把所有的號牌都給押了一個遍，這也是李詩韻耍的一個小滑頭。畢竟，在事先說打賭的時候，只說了誰能押中的數量較多就獲勝，可沒有具體押注數額的限制！

事實上，李詩韻雖然沒有如賈似道猜測的這般，把所有號牌都押一遍，卻也相差不遠了。在嫣然的幫助下，李詩韻把沒有可能出現的那幾張「色譜」給排除掉，剩下的幾乎所有號牌都被李詩韻給押注了一遍。

在排隊下注的時候，李詩韻心裏還美美想著：我都下注了五十來個號碼，要是還贏不下來，那乾脆不活了！

反倒是紀嫣然在邊上，看著李詩韻和賈似道之間熟稔打鬧的笑意，微微有些感觸。或許心酸，或許羨慕，或許思及自身，或許……

「王大哥收穫怎樣？」賈似道走到王彪身邊的時候，劉芳也已經和王彪交流了好一陣子。在這一會兒的時間之內，像郝董、董經理這些人，也從「相面」區域，來到了「殺嫩」區域。整個賭場變得稍微有些擁擠起來。

那些圍繞在平台邊上的人群，此刻也全神貫注地注視著賭場裏的人。

「呵呵，還不錯。至少沒有虧本。」王彪笑呵呵地說著。

「沒虧本嗎。」劉芳倒是在邊上頗有些不忿地說了一句，「分明是贏下了十幾萬塊呢。」

王彪聞言沒去阻止，只是淡淡地笑著，看了賈似道一眼。畢竟，以王彪和賈似道的心態，自然不會太在意「相面」的賭注了，主要的還是想要驗證一下自己的眼光！反而是劉芳和李詩韻會比較在意輸贏的多少。

「對了，小賈，你怎麼樣？」劉芳問了一句，「我剛才可是看到小李臉上的笑容呢。」

「她？」賈似道苦笑著，說著：「別看她笑意盈盈的，那是因為她贏了我。」也許是注意到劉芳和王彪同時露出好奇的神色，賈似道繼續解釋道：「我和她在事先就打了個小賭，誰押中的號牌比較多，誰就獲勝。誰知道，李姐竟然把六個號牌全部都給押中了，我自然是輸得慘不忍睹啊。」

「咯咯咯，你們倆口子呀，還真是有意思。竟然還有這麼個賭法。不過，我猜，小李肯定是買了很多號牌，對不對？」

劉芳狡黠地看了賈似道一眼，笑容滿面地說，隨即還衝著王彪看了一眼，對他可就沒有什麼好臉色了，甚至還伸手在他的腰間，掐了一下，說道：「看看人家小倆口，多浪漫啊。就你個死鬼，一點情趣都沒有。」

這話頓時惹來賈似道哈哈大笑。

「咦——」這邊正打趣著呢，王彪看著門口方向，嘴裏輕輕嘀咕了一句：「他們怎麼來了？」

賈似道順著王彪的目光看去，發現五個人從門口方向走過來，其中有三個人，是賈似道認識的。走在中間的那個男子，年紀在三十來歲上下，邊上挽著一個模樣清純的女子，不施粉黛。而在他的另外一側，則是有過一面之緣的楊泉！

此外，就是金總和楊總兩個人了。

「認識？」賈似道猜測著，有了楊泉的出現，那中間的男子，很可能也是日本人了。

「嗯，算是認識吧。」王彪點了點頭，隨即意有所指地說了一句：「看來，今晚的『殺嫩』，還真是好戲連台啊。」

「這話怎麼說？」

賈似道隨即再往那一行人中看了一眼，這才發現，在五個人的身後，還跟隨著一個個子比較矮小的老年男子，在他的手中，抱著一塊翡翠原石。而他的目光，似乎時刻都在注意著中間的那位男子，想來應該是隨從了。

賈似道問道：「因為他們也是前來參與『殺嫩』的嗎？」

「這還只是一個方面吧。」

王彪咂吧了幾下嘴唇，歎了口氣：「我剛才見到郝董，似乎也準備了一塊翡翠原石過來呢。」

「這還真是個有意思的晚上。」賈似道聞言，臉上的表情很淡漠。

不管怎麼說，今晚的「殺嫩」遊戲，恐怕也是揭陽的翡翠公盤之前最後一個刺激的遊戲了。只要看看周圍瘋狂期待的人群，就可以想像出，在翡翠公盤上，究竟會遇到什麼樣級別的競爭了。

第三章

翡翠原石內藏玄機

賈似道看著金總那灼灼的目光，
心裏思量著，自己的那塊翡翠原石，
要說在一開始的時候，賈似道還很有信心的話，
那麼在郝董以及井上的翡翠原石參賭之後，
那份信心就喪失了一半了。

果然，郝董直接到了平台之上，在他身邊，除了董經理之外，還有不少助興的人。而他自然而然就拿到了「殺嫩」的第十三號牌子。

緊接著，跟在楊泉一行人後面的老頭，也把手中的翡翠原石交給了中間的那位男子，然後男子昂首挺胸走上了平台，取了第十四號的牌子。

這麼一來，整個平台上，原先參賭的人群中，無疑再次掀起了一陣又一陣的波瀾。畢竟後來的兩塊翡翠原石，光從外表上來看的話，實在是太過出色了。不光是那些參賭的人，就是底下站著圍觀準備押注的人也都紛紛交頭接耳起來。

而到了這個時候，時鐘恰恰停止在了晚上十點！

司儀高聲宣佈：「今晚的『殺嫩』，正式開啟！」

這個時候，要是再想有些什麼小動作，顯然是已經不可能了的。所有的主辦方找來的鑒定團的成員，也開始站起來，統一走到十四塊翡翠原石邊上認真察看起來，相互交流著意見。他們有掀開透明玻璃罩察看翡翠原石的權力。至於放大鏡強光手電筒之類的工具，更是能用上的都用上了。反倒是保安們，這個時候把所有圍繞在長條形桌子邊上的閒雜人等都給隔離到一定距離之外。

就是賈似道這樣參賭的人，也不例外。

約莫過了二十來分鐘，這時圍觀人群中的討論氣氛，已經是濃郁到了極點。鑒定團的成員們，才商榷出一個比較合理的賠率，分別寫到紙上，對應每一塊翡翠原石，給貼到了靠近玻璃罩前端的位置。

賈似道打量了一下自己這塊翡翠原石的賠率：一賠五。

再看其他幾塊翡翠原石，最高的也不過是一賠三點五而已。至於賈似道頗為關注過的三號翡翠原石，是一賠一點八，五號為一賠二，反而是最後時刻登場的十三號和十四號翡翠原石，成為了全場的焦點。

在它們前面，分別寫著一賠一點二和一賠一點一的賠率！

頓時，圍觀的人群中，爆發出一陣譁然！

賈似道有些不解地看了看王彪，王彪也困惑地搖了搖頭。好在這個時候，賈似道看到人群中，正在侃侃而談的劉宇飛，這會兒正對著一個漂亮的小姑娘講解著什麼。

賈似道不禁有些來氣，走到他的身邊，一把就把他給拉了過來，問了一句：「剛才的騷動，究竟是怎麼回事啊？現在不是還沒開始押注嘛。」

因為劉宇飛事先就說過，在押注之前，還有一段時間，是特意用來給大夥兒察看翡翠原石的。當然，前提是需要隔著玻璃罩來察看！

「這個你都不知道？」

劉宇飛沒好氣地白了賈似道一眼，還尋找著剛才那位搭訕的漂亮女子呢。不過，看了一圈之後，人倒是找到了，不過，人家的邊上，因為劉宇飛的退出，已經很快地就湊上去另外一位年輕男子了，兩個人之間似乎也在說笑著，劉宇飛臉上的神情，頓時就變得更加鬱悶起來，很苦惱地說了一句：「你看吧，我的好事，就這麼被你給毀了……我真是遇人不淑……」

「得了，你就別在這邊感慨了，你的師師呢？」賈似道問道。

「她老爸來了，自然是陪她老爸去了。留下一個單身的我，苦啊……」劉宇飛答了一句，轉而說道：

「對了，你剛才問什麼來著？哦，你是說他們啊？那是因為看到突然出現這麼低的賠率，驚訝唄。以前『殺嫩』的時候，可沒出現過一賠一點一、一點二，這麼低的賠率呢。」

「看來，那兩塊翡翠原石獲勝的機率很高啊。」賈似道嘀咕了一句。

「嘿嘿，我說小賈，其實你那塊翡翠原石也不賴啊。剛才，就那小姑娘，還問我來著，為什麼你的原石賠率最高，我解釋了一下，她還準備在這塊翡翠原石上押注呢。」劉宇飛一邊說，一邊捶了賈似道的肩膀一下：「不管怎麼說，你也算是拿了個第一了。儘管是倒數的。」

說話間，劉宇飛臉上的笑意，才漸漸濃郁起來。

「那你不準備在我的原石上押注？」賈似道莞爾地問了一句。

「押啊，小賈參賭的翡翠原石，我們自然是要押注的。」

劉宇飛還沒接話，李詩韻倒是和紀嫣然一起，走到賈似道的身邊，李詩韻還後知後覺地說了一句：「不過，我只押一千塊錢，意思一下就可以了。更大的賭金，我會押在十四號翡翠原石上的。」

頓時，賈似道苦著一張臉，看著李詩韻，很無語。

「那個，李姐，我多嘴一句。一千塊錢的賭金，在這裏，人家是不收的。」

劉宇飛聞言，先小聲地插了一句，緊接著，卻一拍自己的大腿，叫了一聲：「不過，我這才發現，李姐你和我的想法，竟然是如此有默契。不如，你踢了小賈，跟我一塊兒過吧。好歹，有默契的人在一起，生活才能……」

「去你的。」李詩韻白了劉宇飛一眼，那眼神中無意間流露出來的神情，倒是教劉宇飛微微一愣：「你就只管取笑我吧。不過，這裏真的不收一千塊錢的賭金嗎？」

見到劉宇飛很認真地點了點頭，李詩韻歎了口氣，轉而對賈似道說道：

「小賈，不是老姐我不幫你，實在是老姐比較窮。既然一千塊錢人家都不願意收，那我就不浪費這個冤枉錢了。你應該能明白老姐我支持你的心意吧！」

說到這裏，連邊上的紀嫣然，也忍不住「噗哧」一聲笑了出來。

「哇，竟然你也會笑。」劉宇飛驚訝地喊了一聲，頗有點大驚小怪的樣子，倒是惹來紀嫣然的一副著惱之色。不過，就她整個人的魅力來說，這般富有神采，比她一貫的冷漠，更加充滿了誘惑。

不要說劉宇飛了，就是邊上的賈似道看著，也是微微一愣！

「咳，咳——」終於，還是王彪為人比較老成，提醒了一下賈似道和劉宇飛。兩個人不禁相視一眼，露出了一個了然的神色。

賈似道倒是發覺，在那邊參加「相面」的遊戲之後，金總和楊總兩個人，還是第一次主動離開紀嫣然的身邊，此刻正和楊泉一起。

賈似道的目光和金總碰觸一起，後者對他微微一笑，然後拉了楊總一把，一干人一起向這邊走過來。

「呵呵，小賈，沒想到我們又見面了，我剛才看到，你竟然也參加了『殺嫩』的遊戲。」金總先下意識地瞥了紀嫣然一眼，尤其是站在紀嫣然身邊的劉宇飛，還狠狠地瞪了一下。不過，很快的，金總就把注意力重新集中到賈似道身上，說道：「怎麼樣，有信心不？」

至於賈似道身邊的李詩韻，金總在她身上停留的目光，似乎只有那麼一瞬間而已！

賈似道不禁摸了摸鼻子，金總的話，他應該怎麼回答好呢？

要是沒信心的話，難道還能白白扔下一百萬的賭資？不過，要直接回答說有信心的話，人家的背後，可是站著全場十四塊翡翠原石中，表現最好的一塊翡翠原石的主人。而且，就賈似道那塊翡翠原石所開出來的賠率，也實在是太寒磣了一些。

寒磣到連賈似道都感覺自己有點說不出口有信心之類的話了。

要知道，就是李詩韻在開玩笑的時候，不也是不看好賈似道的這塊翡翠原石嗎？

「呵呵，我只不過是因為好奇，才參加『殺嫩』的，自然是比不得金總。不知道金總今天晚上怎麼沒有參加『殺嫩』呢？」賈似道不輕不重地回了一句。

不知道怎麼的，在賈似道的內心中，總有一種莫名的感覺，金總此番特意靠近，恐怕不會有什麼好心。尤其是在金總的身後，還跟著楊泉這個日本男子。

「像我這樣的小商人，自然是沒有實力參與『殺嫩』的了。」金總先謙虛了一句，隨即很大方地介紹了一下身後的幾位，說道：「不過，這位井上先生，可是花了很長時間準備決定參加今晚的『殺嫩』，小賈，你可要小心哦。」

金總身後，一直比較顯眼的男子，聽到金總的話和動作之後，不禁對賈似道這邊的人輕輕地點了點頭，態度倒是比較恭敬和真誠。

賈似道才瞭解到，敢情這一行人的中心人物，就是這位三十歲左右的男子，叫井上！

「賈先生，我們井上君可是非常希望能夠獲得您的那塊玻璃種藍翡翠的。」

楊泉在此時，很時宜地插口說了一句：「如果賈先生是想待價而沽的話，只要您有意思出手，我們就可以找個時間坐下來談談。井上君是非常孝順的人，井上老先生有過一個願望，希望得到一對藍翡翠手鐲。所以……」

「呵呵，楊泉先生的心意，我已經明白了。」賈似道打斷對方的即興發揮，「不過，對於那塊藍翡翠，很抱歉，我還真沒有出手的打算。要是以後想出手的話，我一定會通知您一聲的！」

「那還真是遺憾啊！」楊泉皮笑肉不笑地說了一句。隨即，就對井上用日語解釋了幾句。

不過對於楊泉所說的話，賈似道幾乎就沒怎麼相信。一來，他把極品翡翠賣到日本，還不如賣到台灣呢；二來，在洪總那邊，第一次見到楊泉之後，賈似道就和王彪討論過，楊泉如此渴望獲得這塊玻璃種藍翡翠的用意，究竟何在？

要是僅僅需要一副藍翡翠手鐲的話，只要願意花一定的價錢，在翡翠市場上，雖然少見，卻把一個大翡翠商人逼得如此渴求的地步！最大的可能，恐怕還是看中了整塊玻璃種藍翡翠的大小，適合用來製作成一個擺件吧？

尤其是對日本這樣一個島國而言，要是擁有這樣一個藍翡翠擺件，那就如同在國內搞出一個帝王綠的大型擺件一樣。不管是在名聲上，還是在影響力上，都足以讓楊泉賺足了目光！

而且，即便楊泉以相當高的價格從賈似道的手裏收到這塊藍翡翠，哪怕是切割開來製作成手鐲在日本出手，恐怕其獲取的利潤同樣是巨大的。

對於翡翠商而言，要是沒有利益的驅使的話，任誰也不會表現出一副好的態度來。賈似道可算是把王彪所說的這句話，深深地印在了腦海裏。

就在賈似道和楊泉交涉著的時候，楊總不自覺地就走到了紀嫣然的身邊，小聲地說著什麼。只不過，紀嫣然臉上的神色，依舊是不太好看。

賈似道不禁有些好奇，在「相面」那邊，楊總怎麼就得罪了紀嫣然呢？

看了一眼身邊的李詩韻，用眼神示意了一下，李詩韻先是惱了賈似道一眼，隨即輕聲嘀咕了一句：「你們男人啊，就沒一個好東西。」

賈似道頓時無語，這打擊面也太廣了一些吧？

不過，李詩韻接下來解釋了一句：「在得知我和你打賭的時候，那個楊總，自然也想有樣學樣地和嫣然打賭啦。只不過，他提出來的賭注，實在是……」

「實在是什麼？」賈似道詫異地看了她一眼。不過，這個時候，因為邊上還有許多人在看著，尤其楊總本人也在，賈似道不好詢問得太大聲。

「反正就是讓人生氣的賭注唄。」李詩韻說話間，還皺了一下鼻子。

看得賈似道「呵呵」一笑，說道：「李姐，那你的賭注，是不是也會讓我生氣啊？」

「討打！」李詩韻很自然地就捶了賈似道一下。

在李詩韻出手之後，賈似道也沒有還手，看了看邊上的幾人，大家都在以玩味的眼神看著他和李詩韻，尤其是金總的眼神，似乎是要把賈似道給恨到了骨子裏一樣。賈似道視若無睹，臉上的神情倒是表現得頗為坦然。

金總、楊總兩個人的心思，這個時候已經是非常明瞭了。

與此同時，平台上的司儀小姐宣佈：「接下來的半個小時，是大家投注的時間。不過，因為到場的人數實在是太多了，還請大家遵守秩序。按照規定，逐一上前察看翡翠原石，然後投注。還請大家注意安全！」

司儀小姐的話音剛落，就有人衝到了最前面，開始近距離察看起翡翠原石來。而原先維持著秩序的那些保安們，更是在每一塊翡翠原石的邊上控制著圍觀的人群數量，不至於讓整個場面變得混亂不堪。

至於收費台那邊的情況，也同樣熱鬧不凡。

因為在事先，就有部分參賭者的朋友可以隨同著參賭者一起上台察看過翡翠原石，這時他們自然就可以先一步開始投注。賈似道發現，這裏的投注並沒有下限。先前劉宇飛所說的，主辦方不收一千塊錢的賭資，只是一個玩笑而已。但是，同樣的，也沒有上限。

這麼一來，這種「殺嫩」賭注，勢必就十分兇險了，出入之大實在是有些嚇人。

比如賈似道印象中的八號翡翠原石，別看表皮的表現非常好，就連窗口處露出來的翡翠成色，也是新坑的冰種陽綠色翡翠，但是，用特殊能力感知之後，賈似道卻知道，不管切出來的翡翠顏色怎樣出色，裏面的翡翠質地，卻已經逐漸向著豆種衍變，直至進入到一大半的距離之後，更是成為了所謂的「狗屎地」。

聯想到一般人常言：狗屎地的翡翠，容易出高綠！實在是讓人又愛又恨啊！

愛，是羨慕其能切出來的濃翠顏色。如果質地好的話，相同大小的翡翠原石，就足以讓一個賭徒瞬間成為一個巨富。但是，恨就恨在，其切出來的翡翠通透性以及質地，表現都不會太好。要不然，怎麼會有一個「狗屎地」的稱呼呢？

這個名詞，在很形象地說明了翡翠質地的同時，也讓人惱怒不已，為什麼那麼翠綠的翡翠，會出現雜亂無章的白棉、黑點呢。而且，現在進行的可是「殺嫩」遊戲，要是有人投注它的話，其結果一定也是如同踩了狗屎一樣，會輸得很慘！

此外，桌子上大部分的翡翠原石，都是開了窗的，隱隱都露出了不少繽紛色彩和種水，真要是內行人的話，其實也還是比較容易就能分辨出好壞高下的。正確地說，大家賭的就是翡翠在翡翠原石內部的走勢！

只是，看到的也僅僅是看到的部分而已。翡翠原石在解石的過程中，產生質地和顏色的變化，都還是屬於比較常見的，至於出現裂和綹，都是很有可能的事情，哪怕就是開出窗了，也不一定就事先能看得見。只有全部解開來，才能真相大白。要是這些影響翡翠成色的因素中有一個出乎眾人的意料之外，投注的人可就得不償失了。

這「殺嫩」的風險可見一斑。

要是一不小心把全部身家押上的話，很可能就會一蹶不振，傾家蕩產。

要知道，這邊的地下賭場，在硬體方面是比較正規的。可以電話投注，也可以自己直接去收費台投注，當然，在收費台還特意豎著十四塊電子螢幕，分別對應著十四塊翡翠原石的下注金額。雖然螢幕不大，但是其飛速跳動著的數字，不斷攀升著的趨勢，足以說明下注的眾人是多麼瘋狂！

哪怕是賈似道這塊賠率高得嚇人的翡翠原石，在沒有什麼人看好的情況下，也是在短短片刻的時間裏，賭資就突破了十萬大關！

再看十三號、十四號這兩塊最為看好的翡翠原石，其賭資，在不聲不響間，就已經輕鬆超過了百萬金額。要知道，距離投注開始，這才僅僅過了十分鐘都不到。一些賭石行業的大鱷，就比如王彪、郝董，還壓根兒沒有開始押注。

似乎所有人都在耐心等待著最後收官，那瘋狂投注時刻的到來！

突然，整個場內的氣氛，一下子變得喧鬧了起來。

賈似道抬眼看去，只見十三號電子螢幕飛速狂跳，一連串數字不斷攀升著。

賈似道可以感覺到，哪怕是事不關己的李詩韻，這時挽著自己手臂的小手也分外用力，顯現出她此刻內心的緊張。

摸了摸自己的鼻子，賈似道適時地抽出一根煙來，給王彪等人都分發了一根，點燃，深吸了一口。看到那電子牌的數字依然還在跳動著，心裏倒是頗有些贊同起主辦方的措施了。

如果每增加一個人的賭注，顯示牌直接就顯示了最終金額的話，那種衝擊力雖然非常強烈，卻也僅僅是一瞬間的事情。而現在，那鮮紅奪目的數字，卻如同計時器一樣，在一點一點地累加起來，那未知的數值，那迷茫的期待，足夠讓整個賭場內的人都陷入那小小的電子螢幕，而不可自拔！

而當那一連串的數字，最終超越七位數，達到八位數的時候，一時間，整個賭場的氣氛幾乎達到了一個臨界點。

「我押十三號八千！」

「我押十三號一萬塊！」

……

這樣的聲音此起彼伏，好像突破了千萬之後，十三號翡翠原石的勝出，已經是人心所向了。尤其是那些小額賭注的人們，或者原本持觀望態度的人們，此刻都受到了刺激，爭先恐後地去投注在十三號翡翠原石上。

這不得不讓人感歎，不是賭徒們太瘋狂，而是這個時代太過瘋狂！

王彪在這時候，看著眼前的場面，長長地歎了一口氣：「郝董還是忍不住，先一步出手了。不過，這個時候出手雖然有了氣勢，但是，賭石這玩意兒，可不僅僅是把握住氣勢就夠了的……有點著急了。」

「這也不一定。」劉宇飛卻在邊上說了一句，「以前就有過因為投注的人們實在太瘋狂的原因，主辦方不得不臨時出來調整賠率。郝董如今搶先出手，收益可能會比現在更高一些。」

「哦，還有這樣的事情？」賈似道不禁好奇。

「這有什麼奇怪的。」劉宇飛沒好氣地說了一句。

「一個賭場，不管進去的人有多少，是輸還是贏，最終獲取最大利益的，還是主辦方。你沒看到這些『殺嫩』的賠率，都低得可憐嗎？一賠一點一，一點二的，即便投注投中了，也沒多少錢可以賺！當然，有些人的翡翠原石，哪怕就是賠率高了，也無濟於事。無非是主辦方故意寫出來給大夥兒看看，表示一下他們的公正性而已。」

賈似道頓時無語了，劉宇飛最後所說的話，自然是意有所指地衝著賈似道那塊翡翠原石了。

「小賈，你看中的那塊翡翠原石，到了現在，賭金也只十幾萬而已。你就沒有想要加注一下的意思？」也許是聽到了劉宇飛的話，金總走到賈似道身邊，問了一句。

「不過，依我看啊，你既然自己都說，只是好奇才參與一下，並且已經賭出去一百萬，那麼現在既然有了更好的翡翠原石出現，還不如就此放手，也可以輸得少一些。」

可不是，賈似道巡視了一下十四塊電子螢幕。除去十三號翡翠原石的資金已經接近一千五百萬之外，十四號翡翠原石的賭資已經達到了五百多萬。其他的，最多的也就是三號、五號和八號翡翠原石了，都在一百來萬之間，剩下的九塊翡翠原石加起來，也就是一兩百萬的金額而已。

可見，賭徒們也不都是盲從的。要不是賈似道的這塊翡翠原石賠率高得嚇人，恐怕也沒有誰會孤注一擲地把錢押在它上面？

「那金總，你的意思是，我們現在應該押哪一塊翡翠原石呢？」賈似道不笑不怒地問了一句，心裏則嘀咕著，敢情這傢伙還用了激將法。

「自然是井上先生的十四號翡翠原石了。」金總一臉笑意地說了一句，「別看現在十三號翡翠原石的賭資一馬當先，但是在投注時間結束之前，誰也不知道最後的勝利者會是誰。」

「呵呵，看來，金總對於十四號翡翠原石很有信心啊。」賈似道歎了口氣。

「怎麼，難道賈先生你不看好十四號翡翠原石嗎？」楊泉原先聽了金總的話，臉上還是笑呵呵的，但是，賈似道的話一出口之後，他的臉色就頗有些不太高興了。

賈似道淡淡地說著：「既然是賭石，自然要明白，表面表現好的，不代表內部也如一？」

「另外，金總，我還是需要提醒你一下，投注的多少並不表示，它就一定能夠最後勝出。歸根結底，還是需要看切石之後的表現。」

「可是……」楊泉剛想辯駁，金總就站出來示意了一下，然後，對賈似道說：「既然小賈你對自己的翡翠原石這麼有信心，不如我們就比拚著投注一下如何？一比一的賭金好了。」

「金總……」

「小賈，你……」

紀嫣然和李詩韻的聲音，在同一時間很默契地響了起來。不過，兩個人不管是喊金總的，還是喊賈似道的，唯一的目的，就是不想賈似道過於吃虧！

所謂一比一的賭金，指的就是金總押注在十四號翡翠原石多少錢，賈似道就需要在自己的十二號翡翠原石押注多少錢。

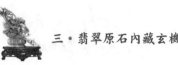

要是賈似道可以隨意挑選翡翠原石來投注的話，估計紀嫣然和李詩韻也沒這麼大的反應了。就從現在的表面形式來看，最終的勝者，應該出現在十三號或者十四號之間。而金總先前話裏，已經說得很明白，讓賈似道直接投注到自己的十二號翡翠原石，這樣一來，就等於是讓賈似道輸錢了。

雖然，從機率來說，賈似道還有賭贏的機會！

就在金總和賈似道較勁的同時，井上大手一揮，然後身邊的老者就開始打起電話來。雖然聲音不大，眾人卻知道，他肯定是開始在自己的翡翠原石上下注了。連帶著，楊泉、楊總、王彪等人，也在這個時候紛紛行動起來。

賈似道看著金總那灼灼的目光，心裏思量著，自己的那塊翡翠原石，要說在一開始的時候，賈似道還很有信心的話，那麼在郝董以及井上的翡翠原石參賭之後，那份信心就喪失了一半了。

不管是從兩個人的身分、眼光、身家和他們的翡翠原石的表現來看，賈似道都沒有任何勝算。賈似道唯一可以確定的就是，在先前他們剛一參賭的時候，他有幸用自己的特殊能力感知為這兩塊翡翠原石探測了一下。

郝董的那塊翡翠原石，是屬於玻璃種和冰種相交錯的情形，其中冰種的成分更大一些。只是在切開的視窗一面，表現出來的是老坑的玻璃種。至於顏色，也是比較純淨的綠色。要不是如此的話，先前郝董也不太可能在自己的翡翠原石上押注這麼多！進而一舉突破一千萬的賭金！

而井上的這翡翠原石，卻是一塊玄黃色的翡翠，屬於典型的老坑冰種。從開出來的小小窗口來看，其黃色的純正性，比起郝董那塊原石的綠意來，顯得要稍微遜色一些。而且，在種地上，冰種相較於玻璃種，無疑又落後了一籌！

但是，為什麼十四號的賠率，反而要比十三號還要低一點呢？

要是單純從翡翠原石的價值來看，黃色的翡翠，哪怕就是純正的雞油黃，恐怕也沒有純正的帝王綠翡翠價值高。但是，不要忘記了，這裏可是在「殺嫩」。十四號翡翠原石，在距離窗口不遠的地方，還呈現出一抹淡淡的紅霧。

這麼一來，在出紅霧部分的下面，自然不會是黃色的翡翠了。

也就是說，十四號翡翠原石至少是雙色的。相比起十三號的單色來，也算是勝過一籌了。賈似道還注意到，在這塊翡翠原石的另外一端，除去紅霧下可能出現的紫色或者紅色之外，竟然還隱藏有一條咬得很緊的蟒帶。

真要是這些表皮的表現，都和推測中一樣的話，十四號翡翠原石就很有可能出現三彩！

只不過這看霧和看蟒，都是賭石行內的老手們才擁有的能力，並不是大眾的賭徒們輕易就能掌握的。以至人氣，十四號翡翠原石要比十三號略低一些。

但是，在井上和楊泉等人相繼出手之後，十四號翡翠原石的累積賭金很快就突破了一千萬大關，直逼十三號翡翠原石！

一時間，整個賭場中的氣氛，變得緊張起來。大有一種風雲突變，在此一舉的架勢！

想到這裏，賈似道認真地回想了一下自己的十二號翡翠原石內部一點一滴的感知，臉上微微一笑，應道：「好，既然金總這麼有興致，我要是不奉陪的話，也太說不過去了。以金總的意思，您看，我們的賭注，要不要設一個限呢？」

「限？」

金總先是一愣，隨即笑道：「看來，小賈你還真的對自己的翡翠原石充滿信心。儘管我不知道你的信心來自哪裏，不過，如果沒有限的話，也未免顯得我太欺負人了。咱們就一人出一千萬，如何？」

一千萬，好大的口氣啊！

不光是紀嫣然以及李詩韻，就是邊上正在忙著投注的王彪幾人，聞言不禁也倒吸了一口氣。

要知道，就連井上、郝董這些對於自己的翡翠原石勢在必得的參賭者，在投注的時候，也不過是略投個百來萬、幾百萬，碰碰運氣而已。畢竟，大家前來揭陽，最主要的目的，還是衝著翡翠公盤去的。一千萬，雖然不可能是全部家當，但是僅僅用來在「殺嫩」上爭口氣，卻實在是有些太過於衝動了。

只是，作為金總攻擊對象的賈似道，這會兒又怎麼能退縮呢？

「金總，是不是有點過火了？」楊總當即掛了電話，對金總小聲說了一句。

而此時的紀嫣然，看著金總、楊總的神色，無疑已經是差到了極點。李詩韻則親昵地挽著賈似道的胳膊，幾乎整個人都要靠在賈似道的身上了。李詩韻用很明顯的動作表示了自己的立場。

賈似道看著金總那流露出來的嫉妒神色，心裏微微有些猶豫，臉上不禁也苦笑不已。都到了這個份上，只要是明眼人，自然都能看得出來金總那眼神中的嫉火了，而對於現在這般逼迫賈似道去投注的做法，多少也能明白過來。

尤其是對金總知根知底的楊總，眼神在金總、賈似道、李詩韻和紀嫣然身上轉了一個圈。最後才拍了拍金總的肩膀，卻什麼話也不說了。

說起來，像金總楊總這樣的翡翠商人，身家雖然不菲，但是手上的流動資金肯定也不會太過充裕，在稍後國內的翡翠公盤上，預計花個幾千萬，也就差不多了。並不是誰都有能力，上億上億地跟進的！

在平洲的時候，金總已經切垮過一塊高價的翡翠原石。這時候要是再賭出一千萬，贏了還好，萬一輸了，恐怕這一趟揭陽之行就算白來了。甚至回去後，還要千方百計地去填補資金的窟窿！

這又是何苦來著！

楊總歎了口氣，王彪和劉宇飛的臉色也不會太過好看。平時，打趣歸打趣，而一旦涉及真刀實槍的利益，商人那種追逐利益的本質，就會完全體現出來。

「小賈，你還是自己看著辦吧。」劉宇飛走到賈似道的邊上，也勸了一句。話裏透著勸說的意思，但是私下裏，作為男人，劉宇飛倒是頗為認同賈似道賭上一把的決定。

先不說賈似道要賭的是自己的翡翠原石，就是金總的那一千萬賭資，也不一定就能穩穩獲勝的。

在劉宇飛看來，十三號翡翠原石絲毫不比十四號來得差，與其賭十四號翡翠原石不見彩，還不如直接賭十三號原石看得見老坑玻璃種正綠呢！私下裏，劉宇飛就押了十三號不少錢！即便賈似道賭自己的十二號，獲勝的機率也幾乎為零，但要是設身處地想一想，劉宇飛恐怕也會拍案而起直接應承下來？

不就是一千萬嘛！

運氣好的話，也就是再切一塊翡翠原石的事！

賈似道把自己的手從李詩韻的懷抱中抽了出來，然後溫情注視著她的眼睛，安慰地輕拍了拍她的小手，什麼話也不說，很乾脆地直接走向收費處。金總自然也很快跟了上去。

李詩韻正準備上前陪同著賈似道時，邊上的紀嫣然卻拉了她一把。順帶著，還示意了一下口袋裏的手機！李詩韻不禁眼神一亮……

第四章

四彩夢幻極品

也許，很多人一生所夢寐以求的極品翡翠，
不正是如同現在這般，赫然出現在眼前的這塊翡翠嗎？
那純淨的色彩，那老坑玻璃種的質地，
通透的水頭，相映成一種璀璨奪目的光華，
恍然間讓人疑是在夢中！

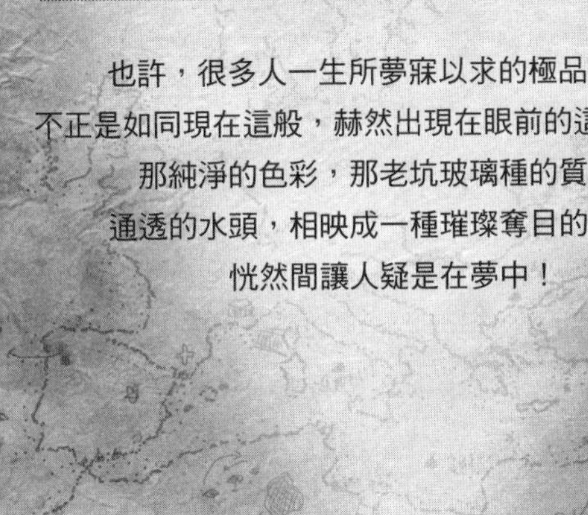

此時搭建起來的平台上，司儀小姐再度拿起了話筒，開始大聲說道：

「各位先生小姐，還有十分鐘，『殺嫩』的投注就要截止了。想要投注的請抓緊時間出手。另外，請各位在投注前務必要仔細認讀一下牆壁上貼出來的投注需知。我們在切石之前，鑒定團所定下來的賠率，僅僅是作為各位的參考，而不是最終的標準。最終的標準是在完全解石後的實際情況，這一點還請各位務必注意。現在還有八分鐘時間，請大家抓緊投注……」

賈似道向收費台的工作人員遞出了自己的卡，說道：「小姐，幫我劃一千萬出來。」

那位收費的小姐愣了一下，這可是一千萬的賭資啊！整場「殺嫩」賭試下來，恐怕也就能遇到一兩個而已。這會兒倒好，一來就是一雙。不過，主辦方的工作人員很有素質，稍微一愣神之後，很快恢復了平靜，她微笑著伸手接過了兩個人的卡，開始刷錢。只有從她下意識抿嘴的舉動和有些僵硬的動作，才略微可以看出她心情的緊張。

「這位先生，您好，您是準備押幾號啊？」司儀小姐一邊讓賈似道輸入卡的密碼，一邊詢問道。

一分鐘不到，兩個人各自領到了押注的小票。要是最終能獲勝的話，到時候，可要憑藉著這些小票來領取現金的。

「那就祝你好運了！」賈似道拍了拍手上的小票，對金總說了一句。

「哼！」金總先冷哼了一聲，隨即想到了什麼，說道：「希望你在輸了今晚的一千萬之後，還有女人會看上你。」然後就兀自走開了。

賈似道一愣！

本來，大家互相認識，又在同一個行業裏，抬頭不見低頭見。要是關係搞太僵了也不好，而現在金總這麼一說，挑明態度的同時，也讓賈似道心中對於他的那份好感全部消失！

既然你金總是如此一個追金逐利的人，那麼，再怎麼得罪你，也是無謂了吧？賈似道心裏暗自閃過一個瘋狂的想法，是不是趁現在投注的時間還沒結束，不如追上去和金總再賭一把？

不過，就在賈似道回頭看向收費台螢幕的時候，十二號、十四號螢幕上的數字，都開始瘋狂地跳動起來，要說十四號的厚積薄發，還在一些老行家們預料之中的話，那麼賈似道的十二號翡翠原石，有如此強勁的後續力，卻著實出乎了所有人的預料。

就連平台上原本正揮斥方遒的郝董，在看到如此景象時，也被嚇了一跳，隨即望向賈似道的目光中就帶了詢問的意思。

賈似道只能是搖頭苦笑，示意那不關自己的事情。

當然，現場一片譁然之聲，僅僅只維持了一瞬間而已。當時鐘指向十一點的時候，所有的投注都已經落幕。到了這個時候，不管是已經投注的，還是沒來得及下注的人，都直愣愣地看著收費台邊上的十四塊螢幕！

上面顯示最高數額的，自然是十四號翡翠原石。不說金總的一千萬，就是井上、楊泉等人，也不會看著十三號翡翠原石一枝獨秀。而十三號翡翠原石的賭資，僅次於十四號，倒也還是符合先前鑒定團成員所開出來的賠率！

只是，毫無起色的十二號原石，竟然也有一千一百多萬，雖然相比起十四號的兩千五百多萬資金還相差很遠。但是，對於一心抱著要賭十四號翡翠原石來獲取利益的賭徒們來說，這般變化無疑是一個變數！

不可能在毫無理由的情況下，一塊普通的翡翠原石，還有人投注這麼多吧？

一時間，賈似道的十二號翡翠原石，倒是吸引了在場大多數人的目光。

除去明白賈似道和金總打賭真相的幾人之外，大家的眼神中都流露出一絲疑惑之色。整個賭場的空氣中，瀰漫著一種詭異的氣息。

司儀小姐再次走上平台，宣佈投注的結束。而後面跟著保安們，則是兩個人一組，捧著一至十四號翡翠原石，依次擺到了平台的左側位置，在眾目之下，十四名解石工人開始開動機器解石。

當然，要是在小作坊裏的話，或許大家解石的時候運用最多的還是老式角磨機，轉速慢、轉輪小不說，想要全部解開一塊十公斤左右的翡翠原石，至少需要花費兩三小時左右。而現在台上的新式機器，卻讓人看到了現場設備的先進。

鋼輪磨玉機，在電機功率和轉速上顯然大大超越了老式角磨機。在解石工人解石的時候，大家完全可以清晰地看到，砂輪接觸著翡翠原石，可以很輕易就把上面的石質部分一點一點地拋除。而且，角磨機上還有特製的凹型特種磨頭。不但接觸面大，還能適應翡翠原石上凹凸不平的地方，解石的速度自然也就大有提高了。

連賈似道看著台上那幾台機器的時候，眼神也流露出一絲羨慕的神色。

「呵呵，小賈，你要是想要的話，我給你弄一台過去？」劉宇飛拍了拍賈似道的肩膀說。因為平台上已經開始解石了，台下的眾人大多是熟悉的幾個人聚集在一起聊著關於投注的各種話題。

王彪、劉宇飛幾人，此刻也來到賈似道身邊。

「行。」賈似道應了一句，「怎麼說，你也是揭陽人。弄一台角磨機，應該還是很容易的，莫不是你本來家裏就有？」看著劉宇飛聞言後那得意的神情，賈似道有些恍然大悟。

「對了，我怎麼看著，我的十二號翡翠原石在最後的時刻，一下子漲了一千一百萬呢？」賈似道看向劉宇飛的眼神中，充滿了詢問的意思，隨後還有些疑惑地看了一眼王彪。

「你可別這麼看著我。」劉宇飛搖了搖頭道。

「雖然咱們的關係不錯。但大家都是生意人，關係歸關係，在明知道賭贏機率不高的情況下，我是不會跟著跳下去的。不妨實話告訴你，我還押了十四號十萬塊錢呢。當然，也就是十萬塊錢而已。即便我贏了，也只能贏一萬塊錢……你不用以這種眼神看著我？好吧，我是先在十二號上押了一萬塊錢，然後我擔心那一萬塊錢打水漂。於是，自然是想從十四號這邊撈回來啦……」

賈似道頓時感覺無語！

「這十萬塊錢跟一萬塊錢的差距也太大了吧？你就這麼表示對我的支持？」賈似道不禁苦笑著說了一句。

很快，賈似道打趣地說了一句：「劉兄，你有沒有考慮過，要是十四號翡翠原石沒有最終勝出，反而是我的十二號翡翠原石贏了，你能不能把本金給撈回來呢？」

「這個……」

劉宇飛摸了摸自己的後腦勺說，「這個，我還真沒有想過。不過，這樣的機率實在是太低了吧？不是我說你，就你那塊翡翠原石，我實在是看不出有什麼勝出的希望。哪怕它的賠率是讓人心動的一賠五。」

隨後，劉宇飛還特意補充了一句，說道：「其實，我押注最多的是在十三號翡翠原石上，原石的擁有人，也就是那個郝董，他的眼光在圈內而言，還是比較能讓人信服的。另外，單從開出來的窗上看，十三號也的確是所有翡翠原石中表現最佳的。」劉宇飛的投注還是站在比較客觀的基礎上的。

另一邊的王彪則是大大方方地對賈似道寒暄著，並沒有因為他不在十二號翡翠原石上押注，而感到絲毫尷尬。

大家都是成年人，又都是商人，這點面子上的小事，對於王彪來說壓根兒就沒有往心裏去。相應的，在王彪看來，賈似道也不應該把個人情感的問題帶到生意上來。當然，對於賈似道敢於在李詩韻面前和金總賭一把，下注達到一千萬，王彪打心眼裏還是頗佩服的。

不說王彪了，就是邊上的劉芳，這會兒看賈似道的眼神中也是異彩漣漣。要是不瞭解的人，還以為劉芳看上了賈似道呢。

至於邊上的李詩韻，此時倒顯得格外乖巧，並沒有如先前那般整個人靠在賈似道身上，而是賢慧地站在一邊，一雙眼睛有意無意地總往解原石的地方瞟。

王彪此時也打趣了一句：「小賈，不管這一千萬和先前參賭的一百萬是否都打了水漂，今天晚上你的收穫都足以值回票價了。」他一邊說著，大有深意地看了李詩韻一眼。

賈似道「呵呵」一笑，算是默認。

這時賭場裏，從平台上開始走下來不少司儀小姐。她們的手上都托著一個盤子，放置著不同的飲料酒水。人群中但凡有所需要的人，都可以伸手去拿一杯過來。而十四位解石工人，馬不停蹄地工作著。眾人一邊喝著飲料，一邊觀摩著解石過程，也算是一種不錯的享受了。

賈似道正喝著冰鎮過的啤酒，剛要詢問李詩韻要不要來一杯的時候，井上那一行人也趁著閒暇的時間，走到賈似道身邊。在看到賈似道和劉宇飛熟悉的交流之後，楊泉的臉上似乎閃過一絲狡詐的神色，然後他附耳在井上的耳邊開始嘀咕起來。

而金總這會兒笑呵呵地走到賈似道身邊，他先是舉杯向賈似道示意了一下，然後抿了一口說道：「小賈，看來你的心情還是很不錯的嘛。」

「一般一般。」賈似道應了一句，「金總，您的心情，不也同樣是很愉快嗎？」

「希望你等會兒，還能笑得出來吧。」金總說話間，還特意看了一眼那邊解石的方向。

「彼此彼此！」賈似道舉杯，回敬了一下。

隨著解石工作的不斷深入，已經有好幾塊翡翠原石可以看到裏面大致的成色了。比如三號翡翠原石，開窗部分的翡翠質地只是接近冰種而已。但是，隨著解剖出來的部分越來越大，翡翠的質地直接就過渡到了玻璃種，而翡翠的顏色更是逐漸走俏。一時間，引來了不少賭徒的驚呼聲！

相反，九號翡翠原石，在切出來的翡翠部分，顏色倒是很讓人欣喜，但是，其突然往壞的方向變種的情況，卻讓人揪心，直到顯現出狗屎地的特徵來，那些黑斑白棉也就無處遁形了。一時間，投注在九號翡翠原石上的賭徒們開始哀嚎四起。

連帶著九號翡翠原石的參賭者，臉上的神色也不太好看。

而表現最為搶眼的，卻是十四號翡翠原石，還沒解剖出來多少，就已經露出了紅翡。雖然紅色的部分，沒有開窗處玄黃色翡翠的黃色來得那般濃正，但卻不妨礙賭徒們心中的欣喜。而緊接著出現綠色翡翠，哪怕還只有那麼淡淡的一絲，就已經讓押注十四號翡翠原石上的賭徒們開始竊喜了！

「怎麼樣？是不是有點後悔沒押注在十四號翡翠原石上啊？」金總看到這般景象之後，得意地看了賈似道一眼。不過，他這時的心理，恐怕也代表了在場絕大多數賭徒們的心理了。

反倒是翡翠原石的擁有者井上，這時候臉上的神情，依然表現得十分淡定！

「那塊十三號翡翠原石，似乎也切出了極品翡翠。」金總的笑意剛剛落下，邊上的劉宇飛卻忽然把注意力投到了十三號翡翠原石上。也由不得他不關注，誰讓劉宇飛押注了五十萬呢？

賈似道下意識地打量了一下，頓時沒好氣地說：「是啊，是極品翡翠。不過，你覺得老坑的玻璃種豔綠翡翠，比起老坑的冰種三彩翡翠，哪一個的勝率更高一些呢？」

「不是吧，就算十四號的翡翠是三彩，難道這三彩都能是冰種？」劉宇飛彷彿是自我安慰似的懷疑了一句。

在這一點上，對「殺嫩」的勝負而言，也還是頗有些講究的。老坑的玻璃種，自然要比老坑的冰種，勝出一個級別。但是，單色的豔綠翡翠比起玄黃色淡紅色正綠三色一體翡翠而言，卻又相差了兩個級別。不過只要是三彩翡翠，並不是所有出現三彩的部分都能達到冰種的級別，那麼，老坑玻璃種的豔綠，就還有贏的機會！

這樣一來，想要十三號翡翠原石和十四號翡翠原石徹底分出勝負，就勢必需要等到兩塊翡翠原石全部解剖開來之後，讓鑒定團的成員具體來鑒定一下了。

到了這個時候，一些被少數人所看好的，比如三號、五號翡翠原石等等，卻已經全部紛紛落馬，沒有了取勝的希望。一時間，似乎所有人的注意力，都集中到了十三號、十四號兩塊翡翠原石之上！

至於賈似道的那塊十二號翡翠原石，除了在押注收官的時候，突然暴漲的賭資引發了一陣騷動之外，之後的時間裏都是默默無聞，沒有絲毫特色！

「哎，你說你的翡翠原石，怎麼解剖到現在了，還沒有出現一點點翡翠的跡象呢？」

劉宇飛用手肘碰了碰賈似道的手臂，說道：「該不會是一塊完全的廢料吧？」說到這裏，劉宇飛似乎突然間來了興趣，說道：「不過，說真的，要真的是一塊廢料，而且還是連一絲翡翠質地都切不出來，你也算是創造了一個紀錄啊！」

「什麼紀錄？墊底？」賈似道好奇地問道。

「嘿嘿，在我的記憶中，『殺嫩』的遊戲裏，切出來的最差翡翠，也就是狗屎地而已。而且，因為允許開一個窗，又有一百萬現金賭注的門檻，現在想要找一塊絲毫翡翠都切不出來的原石，也實在是千難萬難了。說不定，今天晚上，就被你破了這個歷史紀錄。而且，我估計在一定的時間內，很難有人會打破這個紀錄。」

賈似道聞言，不禁有種想暈倒的感覺。不過，自己的翡翠原石，賈似道自己心裏清楚。看那些工人們小心翼翼的樣子，看來想要把他這塊翡翠原石切出翡翠來，暫時還需要多等一段時間。

要是翡翠直接裸露在外表皮的話，還能輪到賈似道花上幾千塊錢，就能收上手嗎？正因為胸有成竹，賈似道的心裏，可是一點兒都不著急。

「真不知道，你到這時候了，還哪來的信心！」劉宇飛兀自嘀咕一句之後，就不再去理會賈似道了。

約莫過了半小時，突然賭場內角磨機那單調的「嗡嗡」聲，瞬間安靜下來，所有等待著的人們，都不禁為之精神一振！

「殺嫩」的結果出來了。

平台上的十四位解石工人，紛紛放下手裏的角磨機，而邊上早就有司儀小姐端著一盆清水等候著上前。待用清水把所有解剖出來的翡翠原石給一一擦洗過後，今晚的最終結局，也就一目了然。

為了表現賭場方的公正性，他們還讓人把這些坦裸著廬山真面目的翡翠，依次給重新擺放到最初的那張長條形桌子上，與所有的號牌一一對應。然後，再打亮了一整排強烈的白熾燈光，照向桌面。在這一瞬間，每一塊翡翠原石的顏色質地，都清晰地呈現在大家的眼前！

賈似道按照順序從左到右，一號到十四號一一看過去，最終還是把目光停留在了最後的三塊翡翠原石上。當然，此時要是再稱之為翡翠原石倒有些不妥了。準確地說，應該是翡翠明料！

而幾乎所有的人都和賈似道的選擇一樣，一眼掃過長條形桌子上的每一塊翡翠明料之後，眾人的目光也停留在了最後的三塊上面。

按照賠率，十四號翡翠明料，是現場所有明料中賭資最高的。其切出來的結果，也非常搶眼！三彩同體不說，其中的玄黃色翡翠部分，還是很通透的冰種質地，水頭也說得過去。

只不過，唯一的遺憾卻是三彩翠中，形狀有些不規則。其中黃色佔據了主導，剩下約有三分之一的翡翠，才是淡紅色和綠色交雜，尤其是大部分的綠色翡翠部分，相比起冰種而言，實在是有點差強人意。

不用鑒定團的專家們去評，就是在大眾的眼裏，最多也就夠得上冰豆種。反而是十三號翡翠明料，通體豔綠，質地中有少部分是老坑玻璃種。其他也都是標準線以上的冰種。

而純粹以個頭來論的話，十三號顯然要比十四號翡翠明料更加大一些！賈似道臉上的神情，不禁有些好笑。

看來，這十三號、十四號翡翠原石，即便在徹底切開來之後，也很難分出勝負啊！

不過，不管是十三號勝出，或者是十四號勝出，押注在它們身上的賭徒們應該都不少。按理說，到這個時候，至少有近半的人，內心應該感覺到愉悅才對。就像押注在十三號翡翠原石上的劉宇飛，又比如與賈似道針鋒相對的金總，又或者是郝董、井上這樣翡翠原石的主人！

可是，彷彿是商量好的一般，誰都不敢在這個時候出聲。誰都不敢歡呼，因為就在兩塊極品翡翠明料的邊上，擺著十二號翡翠原石的位置上，此刻靜靜地放置著一段只有二十釐米左右，類似成年人攥緊拳頭般粗細的翡翠明料！呈現出一個相對比較怪異的柱型。有四個面，是向內凹進去的。露出了四條單薄的棱，只有核心部分還算厚實。乍一看去，那模樣倒是頗有點像是一顆楊桃！

當然，若僅僅是這個奇怪造型的話，當然不會讓所有人都閉嘴的。

整段翡翠明料的水頭，在燈光的映照下，竟然達到了神奇的通透，賈似道一點都不懷疑。這樣的一段翡翠明料，在經過後期的打磨拋光之後，甚至可以讓人看個對穿！或許是因為其本身就是老坑玻璃種的質地，再加上這個時候燈光照耀以及事先淋過了清水的緣故，整段翡翠散發出一種奪人心魄的冷豔感！

似乎在每一個人的心底裏，都湧現出這麼一句話來：這才是真正的翡翠啊！

這種感覺很微妙，只可意會，不可言傳！但是，這些依然還不足以讓現場所有的人閉嘴。因為這裏不是藝術的殿堂，也不是翡翠品質的選拔，而是正在進行的「殺嫩」現場！

最神奇奪目的是，在這一段翡翠明料上，赫然呈現出來的綠紫紅黃四種色彩，彷彿是一道奇蹟的光芒，瞬間擊中了所有人的心房！

「好漂亮啊！」在經過了一陣幾乎要讓人窒息的安靜之後，李詩韻突然情不自禁地開口，說了一句：「小賈，我們贏了！」

是的，不用李詩韻說，甚至不用鑒定團的成員們去判定，賈似道就知道自己的十二號翡翠原石最終獲取了「殺嫩」的勝利！

看著眼前這段切出來的翡翠明料，即便賈似道的心裏，又何嘗不是充滿了驚喜呢？

純粹的老坑玻璃種，水頭的通透性，哪怕就是和賈似道所見識過的最好的翡翠，也就是家中藏著的玻璃種帝王綠相比，也是有過之而無不及！

尤為難得的是，四彩同體，在色與色之間，朦朧的中間地帶非常融洽地交合在一起，每一種顏色都那麼純淨，那麼透亮，而一旦相霽在一起之後，更是忽濃忽淡，像雲朵又似水霧般縈繞開來，讓人感受著一種分外的妖嬈、分外的迷濛、也有著分外的魅惑。特別是四彩分佈的區域大小，幾乎可以說是非常平均。

那微微凸起的條棱，就如同是在向人們炫耀著大自然的瑰麗。陽綠、豔紫、亮紅、玄黃，完美地依次呈現在各棱上，恰是福、綠、壽、喜四色，象徵的是吉祥如意。讓人不得不感歎，如此極品的翡翠，在賭場內的很多人眼中，恐怕還是生平頭一次見到吧？

也許，很多人一生所夢寐以求的極品翡翠，不正是如同現在這般，赫然出現在眼前的這塊翡翠嗎？那純淨的色彩，那老坑玻璃種的質地，通透的水頭，相映成一種璀璨奪目的光華，恍然間讓人疑是在夢中！

而現場負責燈光的師傅，似乎也感受到了如此難得的迷幻色彩，在燈光的調試中，竟然摒除了原先那強烈刺眼的白熾燈光，轉換成淡淡的霓虹，襯托出一段華麗的翡翠，深意更加悠遠。

「呼……」賈似道下意識地長長吐出一口氣來，還攥緊了自己的拳頭，用力揮了一下。

說起來，最初的時候，賈似道也僅僅是依靠著特殊能力的感知發現這塊翡翠原石內部的翡翠質地，自然是玻璃種無疑。而對於其能夠切出四彩來，卻實在是出乎了賈似道的預料。要說是僅僅切出陽綠來，賈似道還是頗有把握的。

賈似道在感知到翡翠部分隱藏得比較深之後，還特意在原石表面察看過有沒有蟒帶、松花。只是結果卻讓他失望，竟然什麼都沒有發現。

不過，也正因為如此，賈似道在失望中，更加仔細地察看起這塊翡翠原石，尤其是在準備要拿它來參與「殺嫩」的時候。特殊能力的感知是一點一滴地把翡翠原石給察看了個通透！倒還真被賈似道探測出一些名堂來。

在翡翠原石不起眼的一個表皮上，竟然有著些許淡淡的霧，那顏色和原石表皮的顏色一般無二。要不是賈似道的特殊能力感知足夠細膩，而這部分的質地又和普通石頭的質地有所差異的話，還真不太容易被人發現！

到此，賈似道已經頗為肯定，這塊翡翠原石，肯定能切出雙彩來！

再加上其老坑玻璃種的質地，想必，在「殺嫩」上也是有足夠的底氣來搏一搏吧？

只是，到十三號、十四號翡翠原石出現的時候，賈似道的心裏難免還是有些緊張。尤其是金總的異軍突起，突然間要和他來個一比一加注，實在是讓賈似道有些哭笑不得。

只是，這最終切出四彩的翡翠，而且四種色彩還是這般鮮豔、交融得這般均勻，還是讓賈似道頗有點喜出望外。

「小賈，真有你的。」

劉宇飛回過神來之後，先是捶了賈似道一把，隨即才沮喪地說道：「唉，我說你小子，怎麼就不提醒我一下，要押注在你的翡翠原石上呢？如此高的賠率，如此大好的機會，就這麼給浪費了。唉，可惜了……」

賈似道聞言，不禁苦笑著說道：「難道，我真的就沒有提醒過你，要表示一下支持我嗎？再說了，你不是自己選擇了只押注一萬塊錢的？我可沒逼你。」

「對哦。」劉宇飛一拍自己的大腿，「我好歹也是押了一萬塊的，還能拿回五萬塊錢呢，今晚也不算是白來一趟了。」

當然，劉宇飛的話，不過是自我安慰而已。拿回五萬塊錢是沒錯，但是，押注在十三號、十四號翡翠原石上的五十萬、十萬，可就是打水漂了，而且還連個響聲都沒聽到。只是，就在劉宇飛說話的瞬間，賈似道注意到他的眼神，似乎是有意無意地看了一眼賈似道的身後位置。

賈似道不禁心頭一動，恐怕劉宇飛這話，還真有點殺人不眨眼的意思了。這會兒站在賈似道身後的，正是金總。

要說賈似道一行人，現在是在感歎著大自然的鬼斧神工的話，那麼金總此時恐怕就是在哀歎造化弄人了。他的一雙眼睛還兀自盯著長桌子上的明料，似乎怎麼都看不夠一樣。而他身邊的楊總可以細心地察覺到，他的同伴——金總，這會兒的眼神已經沒有了焦距！就這麼直愣愣地看著平台上的翡翠明料，臉上的神色還有著些許不敢相信。

其實，不光是金總，楊總、王彪等其他人，又何嘗不對這個結果表示震驚與懷疑呢？王彪、郝董這些賈似道還算是相熟的人，這會兒倒是在恢復神態之後，逐一走到賈似道身邊向他道賀。而那一聲聲的祝福，聽在金總、楊總的耳朵裏又是一種聽覺上的刺激！

當然，不管怎麼說，金總今晚上都算是徹底地輸了。

第五章

以物易物的古玩

賈似道覺得：墨玉壽星的價格比不了玻璃種藍翡翠，
無論從藝術的角度看，還是從情感的角度出發，
哪怕在交換時，吃虧一些，心裏也能接受。
玻璃種藍翡翠，以自己的能力，以後有機會賭到，
但流落在日本的墨玉壽星，錯過這次機會，
再想收回來，勢必需花費更多的心思。

李詩韻這會兒，和賈似道靠得十分近，紀嫣然的臉上此時也浮現出一抹淡淡的笑意。金總和楊總對視了一眼，暗自苦笑了一下。這兩個女子的笑意，在這一刻，都不屬於他們。倆人有些默然地搖了搖頭，倒也有點難兄難弟的感覺了。

尤其是賈似道的勝出，是如此毫無懸念！要說十四號翡翠原石是一位濃妝淡抹的貴婦，那麼賈似道的十二號翡翠原石就是翩躚而行的少女；要說十三號翡翠原石是豔綠貴氣逼人，那麼十二號翡翠的四彩，簡直就是勾人心魄了。

三塊翡翠都是上乘極品，應該說各有千秋。要是在平時，能切出其中的一塊來，必然是欣喜若狂。然而，這裏是在賭博，哪一塊翡翠勝出，誰又將收穫今晚最大的賭注，所有的結局，早就由規則決定了。

論種地：三塊翡翠都是老坑種，尤其十二號、十三號翡翠的玻璃種勝出。

論色彩：不消說，十二號翡翠的四彩，獨樹一幟！勝出也就顯得毫無懸念了。

金總不知道這個時候的自己，心裏還在想著什麼，還有著怎樣的不甘。他側頭看了一眼站在賈似道身邊的李詩韻，恍然間，似乎一個曼妙身姿、正在輕歌曼舞、裙角飛揚的絕世女子，正在漸行漸遠，他想要伸手去抓住，卻怎麼也抓不住。

長歎一聲，金總把手裏緊攥著的押注小票輕輕一揮，就如同揮去那香韻猶存的畫面一樣，然後憤憤轉身，落寞而去。

楊總看了紀嫣然一眼，複雜的眼神，卻一時間教人很難讀得出來此時的他心裏究竟是何滋味，隨後，也只聽得一聲長歎，緊跟著金總離開了。

一時間，整個賭場倒是形成了一股壓抑著的默契，大多數的賭徒如同被宣判了死刑一樣，面對著出人意料的結局，一一散去。而有人悲傷，就有人高興。

那些為數不多的，投注在十二號翡翠原石上的人們，卻一個個昂首挺胸地走向了收費台。從那裏，他們可以領取到今晚孤注一擲的報酬！

讓賈似道很意外的是，井上這個十四號翡翠原石的擁有者，此時竟然走向了他，對著他一鞠躬，很客氣地說了一句什麼話。見賈似道錯愕的表情，楊泉解釋了一句，賈似道才明白過來，敢情眼前的這位是來祝賀的。

再一想到王彪最先對於楊泉的評價：為人不錯，和港澳台以及廣東地區的大多數翡翠商人的關係都比較融洽。賈似道的心裏頓時頗有些感慨起來，先不說他的出身怎麼樣，至少在生意場上的表面功夫，還是做得挺不弱的。哪裏像金總、楊總這般的不告而別呢？

至於一直伴隨在井上身邊的女子，此時卻有些不合時宜地問了一句：「賈先生，您的這塊四彩翡翠，有意思出手嗎？」看到大家都有點發愣的神情，那女子坦然一笑，說道：「在押注結束之後，難道不是開始出售嗎？」

雖然那普通話聽起來很蹩腳，卻也提醒了在場的眾人，可不是嘛，要知道，現在平台上的十四塊翡翠明料，可都屬於賈似道了。尤其是最後的四彩、三彩以及豔綠翡翠這三塊翡翠，要是能趁機收入囊中的話，也實在是一筆很大的利潤啊。

連王彪這樣的大翡翠商人，都開始用眼神詢問起賈似道來。

劉宇飛當即一拍自己的腦門，說了一句：「我怎麼就沒想到呢，小賈，那個，你該不是準備把十四塊翡翠全部都搬回去吧？」那言外之意，自然是希望賈似道能出手一部分給他了。見到賈似道搖頭，劉宇飛頓時高興起來。

結果，賈似道看了看圍觀的不少翡翠商人，說了一句：「最好的那三塊翡翠料子，我準備自己留下來，至於其他的，有誰想要的話，可以隨便挑！」

一時間，包括王彪、郝董等商人在內，都對賈似道很無語。劉宇飛還很不客氣地給了賈似道一拳。而眾人的嬉笑打鬧中，沒有人注意到，楊泉看到賈似道和劉宇飛之間的熟絡，眼中的精光一閃而逝！

第二天一大早，賈似道依舊很有規律地從床上爬了起來。

在經過這一次的揭陽之行之後，賈似道深深認知到，特殊能力感知對於他賭石的重要性。要是沒有這個倚仗的話，不要說是靠賭石發家了，就是在面對著金總、楊總，乃至於其他的一些翡翠商人打壓的時候，他也沒有絲毫的還手之力。

如果說最初賈似道在雲南的賭石算是入門的話，那麼，切出瑪瑙樹、玻璃種的帝王綠翡翠，就只能歸結於他的運氣。隨後他在平洲撿漏地切出了春帶彩，再到揭陽，在「大賭石」上切出了玻璃種的藍翡翠，一切都只是在不斷地驗證著賈似道在賭石上的眼力。要說出名的話，如果不去深入瞭解，賈似道切出極品翡翠的機率，其他人也很難覺察。

但是，昨晚的「殺嫩」勝利，無疑把賈似道推向了一個眾人羨慕的焦點。

如果賈似道所料不錯，恐怕今天出去之後，他再想在揭陽地區看貨砍價、輕鬆下手，恐怕就不那麼容易了。

有時候，對於賭石的人來說，出名了，有好處，也有壞處。好處自然是人家會把好東西拿給你看，不怕你不識貨。這樣一來，找到極品翡翠的機率自然也會高上許多。而壞處就是，你在砍價的時候，你的付出比起一些普通客戶而言，也會高上許多。

誰讓你出名了呢？

當昨晚賈似道從賭場主辦方那邊兌換過來五千萬的賭資，以及作為「殺嫩」遊戲參賭者，收穫了包括自己付出一百萬在內的一千四百萬贏利的時候，賭場方面負責人那難看的臉色，讓賈似道感覺到，這麼一個晚上下來，他一個人的鋒芒，是不是把所有賭石人的風頭都給掩蓋了呢？

從表面上來看，的確是這樣的。

要知道一賠五的賠率，五千萬鉅款，幾乎等同於地下賭場整個晚上所有人下注的金額了。對於主辦方來說，「殺嫩」的時候出現黑馬，無疑是他們最不希望看到。不過，因為賭場本身就是陽美人舉辦的，賈似道倒也不怕他們會賴賬！跑得了和尚跑不了廟不說，陽美人也不敢壞了自己的名聲不是！

洗漱完畢之後，賈似道下意識地看了看自己的銀行卡。原本他還打算在參與翡翠公盤之前，找個機會把手頭的幾塊翡翠原石給切出來，然後選擇一些來出手，現在沒有那個必要了。

除去直接的金錢收入之外，昨晚的十四塊翡翠明料中，賈似道自己只留下了最好的三塊。其餘的十一塊，全數都以比較低廉的價格出手了。當然，像郝董、王彪這樣的大客戶，估計還看不上這些翡翠明料，他們更多想要在翡翠公盤上賭一把。但是，對於一般的翡翠商人而言，翡翠明料上的利潤，當然會來得更加保險一些。

尤其是三號、五號這兩塊翡翠明料，如果拿到市場上去賣的話，也算得上是高檔的翡翠，再加上賈似道是從「殺嫩」中獲利的，在砍價的時候，他們自然也占了不少便宜。

所謂得來容易，出手也不會太過計較，就是這個道理！

即便如此，也還是讓賈似道的卡裏平白多了五百多萬的收入！

要是再算上還壓在手頭的三塊翡翠明料，僅僅是一個晚上的時間，就讓賈似道的身家增加了近億元！在如此暴利的前提下，賈似道若還想要低調，簡直就是不可能的事情！用劉宇飛的話來說，那就是，賈似道是歷屆「殺嫩」遊戲中，一個晚上賺取最多的人。

這不，還沒吃早飯呢，賈似道在賓館中就受到了不同尋常的待遇。整個陽美村就這麼點大的地方，賓館入住的，又大多是一些翡翠商人，對於昨晚地下賭場的事情，不消一個晚上時間，估計就能傳遍了。大家看賈似道的眼神，就好比是帶著閃光燈的一樣，讓賈似道在短時間內，還真有點適應不過來。所幸，同行的王彪幾人，對賈似道的態度倒是沒有什麼特別的變化。因此，賈似道的神色才自然了許多。

「對了，小賈，今天你還準備出去看貨不？」吃過早飯，王彪就打趣似的問了一句。一邊問，還一邊意有所指地看了看邊上的其他人。

「去啊，怎麼不去呢。」賈似道還沒說話呢，李詩韻倒是欣然地回答了一句。隨後，她看著賈似道，說道：「小賈，老姐告訴你啊，過了這一兩天，估計大家就不會再這麼看你了。反正這裏是陽美村，出去看貨也不用太過擔心安全問題。」

說起來，賈似道過億的身家，在陽美村而言，還的確算不得最多的。

「小李說的也不無道理。這陽美村裏，可不缺切石切漲的事情。有幾千萬，甚至是上億的身家，也是常事。沒必要太過理會別人的目光。」王彪點了點頭，說道：「不過，小心一些也沒錯。昨晚你讓小劉把翡翠明料帶回去，就是個很好的選擇。」

本來，劉宇飛也是準備在陽美這邊待上一晚的。不過，基於當時在賭場裏的形勢，賈似道不得不讓劉宇飛帶著三塊翡翠明料以及後車廂裏的其他翡翠原石，雇幾個保安，先一步把東西運回到他家裏去。

不怕有人來搶，就怕有人惦記著。

「那就拜託王哥你了。」賈似道琢磨起來，王彪的身家可是絲毫不比賈似道來得少：「我這樣的新手，即便想要去看貨，恐怕也沒有什麼門路吧。」

「小賈這話可就不對了。」王彪臉色一慍，說道：「就你現在的名氣，出去隨便找個陽美人，說要看貨，估計就有人眼巴巴地把東西給送到賓館這邊來呢。」說著王彪自己倒是先笑了起來。

而劉芳、李詩韻和紀嫣然三人，在邊上聽著不禁莞爾。賈似道詫異地看了紀嫣然一眼。

「看什麼看，嫣然今天就跟我一起了。」李詩韻沒好氣地白了賈似道一眼，她自然是明白賈似道的疑惑。誰讓金總、楊總兩個人昨晚的表現不夠大氣呢，今天他們也沒臉再湊到嫣然身邊了。

「走啦。」看到王彪已經先一步走出了賓館，李詩韻不禁拉了賈似道一把，說道：「趁著老姐我的運氣還不錯，又有人幫忙參謀，今天我一定要再賭幾塊翡翠原石回來。」

「李姐，你說有人幫你參謀，這一點我倒是明白。」一邊說一邊走，賈似道還頗有深意地看了紀嫣然一眼：「不過，你說的這運氣還不錯？似乎李姐你昨晚並沒有出手吧，莫非你就能保證，你昨天下午賭的那兩塊翡翠原石，一定能切漲？」

「昨天下午？」李詩韻先是一愣，隨即明白過來，說道：「你是說放在小劉那邊的那兩塊原石，都還沒切出來呢。不過，以你老姐我的眼光，自然是不會切垮的啦。而且，即便切垮了，你老姐我現在也不在乎了……嫣然，你幹嗎啊？」

李詩韻正說著，忽然感覺紀嫣然在邊上扯了她一把，不禁好奇地問了一句。隨即，似乎是注意到紀嫣然的神色，李詩韻馬上就明白過來，立即閉嘴不語了。

賈似道則用一副果然如此的眼神，在李詩韻的身上來回地打量著，直到李詩韻自己都感覺到有些不好意思了，原本還能迎著賈似道的目光無所畏懼的眼神，這時也變得有些閃躲，嘴裏更是下意識地嘀咕了一句：「小賈，你這麼看著我，做什麼……」

「李姐，你說呢？」賈似道嘴角露出了一絲微笑。

「不就是昨晚贏了一點錢嘛，有什麼好說的。」李詩韻小聲嘀咕一句，更是惹來紀嫣然沒好氣地扯了她的手臂一下，不過，李詩韻似乎並不在乎，反而很坦然地說：「小賈，你連這都看出來了啊？」

一時間，賈似道倒是摸了摸自己的鼻子，不知道該說什麼好了。

連紀嫣然聽著李詩韻的話，一瞬間也是苦笑不已，連連搖頭，那看著李詩韻的眼神，也不知道是覺得李詩韻傻呢，還是覺得李詩韻可愛！

不過，一個女人，特別是一個成熟的女人，偶爾露出來的天真，不也更增添了她的魅力嗎？

賈似道看著看著，一直到李詩韻的臉頰上浮現出一抹淡淡的紅暈之後，反而是有些入迷了。

「咳……」紀嫣然出聲提醒了一下，然後自己一個人先一步跟上了王彪和劉芳兩個人。

倒是賈似道看著李詩韻那小女人的模樣，小聲問了一句：「李姐，昨晚投注的時候，那多出來的一百萬，是你押注的吧？」

看到李詩韻那發自內心的笑意時，賈似道算是明白過來，自己的猜測無誤了。

要是直接和紀嫣然比身材、姿色，李詩韻不一定能勝出，但要說對於賈似道的瞭解，李詩韻卻絕對在紀嫣然之上。

從李詩韻的表現來看，恐怕那一百萬投注，除去她自己一部分之外，還有紀嫣然的吧？賈似道就有些不明白了，李詩韻看在他的份上，能夠出手投注，還說得過去，這紀嫣然，她又是憑的什麼呢？

他可不認為，到目前為止，他與紀嫣然之間會有什麼交集！

賈似道正疑惑著，手機鈴聲卻歡快地響了起來，掏出來一看，竟然還是劉宇飛打過來的。手機放到耳邊，還沒開口說話，電話那頭傳來了劉宇飛可憐兮兮的聲音：「小賈，你應該起來了吧，哥們和你商量件事，成不？」

「說吧！」賈似道說，「一大早就裝可憐，肯定沒啥好事。」

「那個，我就想問一下，你放在我這裏的這塊玻璃種藍翡翠，你究竟是個什麼意思。」劉宇飛說道，「另外，你的那塊四彩翡翠，你要是有意思出手的話，我也要了。」

「喂喂喂，你是不是受什麼刺激了？我昨晚不是和你說過了嗎，怎麼，這還沒過一天呢，你就忘了？」賈似道越聽越不是滋味，考慮了一下，才說道：「還是說，你遇到了什麼麻煩事？」

「唉，還真被你猜對了。」劉宇飛感歎一聲，說道：「算了，你現在在哪裏啊？還在酒店裏？我馬上就過去找你。這回你還真是非幫幫我不可。」

「呃……」

賈似道這頭還沒回話呢，那邊就傳來了「嘟嘟嘟」的聲音。

賈似道苦笑一下，能讓劉宇飛表現得這般急切，恐怕還真不會是什麼小事。

當賈似道見到劉宇飛的時候，已經是一個小時之後了。

這時的賈似道一行人，正在王彪所聯繫的一個貨主家裏察看翡翠原石。當然，今天的看貨，完全是以王彪為主，另外，紀嫣然和李詩韻也會簡單地察看一下翡翠原石，要是有自己中意的，也可以適當出手。

至於賈似道，倒不是說人家不讓看貨，也不是王彪不願意他插手，而是賈似道一旦認真去察看某一塊翡翠原石的時候，貨主那雙直愣愣看著賈似道的眼睛，讓賈似道很無語地就敗退下來。

賈似道覺得在這樣的眼光下，他要是稍微露出一點點感興趣的神色，恐怕貨主就非抱著奇貨可居的心思，狠宰他一頓不可。

好在賈似道聰明，靈機一動，凡是表現比較好的翡翠原石，他都露出了很欣喜的模樣，一開始，貨主還是比較認真的，只要賈似道的神色一有什麼變化，都會很有心地記在心裏，但隨著時間流逝，賈似道幾乎不管是對什麼表現的翡翠原石，全部都流露出欣喜的神色。貨主再笨也知道，自己被人給耍了。

以至於到了現在，賈似道硬是一塊翡翠原石都沒看上，更別說一句問價的話了。貨主看賈似道的眼神，別提有多幽怨了。

而王彪幾人，除去劉芳之外，倒是每人都看中了幾塊翡翠原石。

只是貨主一直都沒有太過在意他們，這個時候砍價，也只能是從自己的心理價位開始了。倒是把王彪樂得連連對賈似道豎起大拇指。就是李詩韻，這時看賈似道的神情，也充滿了揶揄之色。

賈似道十分無奈，就他現在的名氣而言，看來的確不太適合出來察看翡翠原石。他做夢也無法想到，這一次地下賭場的勝利，會產生這般變化。

不過，想到陽美村所有經營翡翠原石生意的人，都應該會對地下賭石有著知根知底的瞭解，賈似道也就釋然了。

不管王彪幾人和貨主的砍價如何熱鬧進行，賈似道接了電話之後，出門很快就見到了劉宇飛。

這個時候的劉宇飛神色似乎有一點萎靡。

「你該不是一晚上沒睡好？」賈似道不由好奇地問了一句，「還有，你今天怎麼就這麼著急地想要那幾塊翡翠明料了呢？這可不像是你劉大少的作風啊。」

「還劉大少呢。」劉宇飛沒好氣地應了一句，說道：「要說你在賭石上的運氣，我都開始嫉妒了。要不是哥們認識你，我都準備在半道上先把你的東西給搶劫過來再說。不過，昨晚我還真沒怎麼睡好。」

「沒有這麼嚴重吧？」賈似道驚疑地聳了聳肩。

「對於你來說，是沒什麼好嚴重的。不過對於我來說嘛……」劉宇飛猶豫了一下突然對賈似道問了一句：「小賈，你還記得我和你提過的那墨玉壽星吧？」

「嗯，有消息了？」賈似道隨口問了一句，隨即一想，就有點明白過來了，「該不是，和我的翡翠有關？」見到劉宇飛點了點頭，賈似道一愣，問道：「楊泉？」

「看來你的腦瓜子還蠻好使的嘛。」劉宇飛竟然還有心情打趣賈似道。不過，那說話的語氣卻頗有點鬱悶。一邊說著，還一邊「嘖嘖」琢磨起來，甚至到了最後，還歎了氣：「楊泉托人給我帶話，說墨玉壽星可以轉手給我，不過……」

「我這塊玻璃種藍翡翠，就這麼好？」賈似道也有點疑惑了。要說楊泉能夠看出賈似道和劉宇飛之間的關係，這一點無可厚非，只要是對賈似道稍微有點瞭解的人就可以知道。而對於劉宇飛想要墨玉壽星的事情，那就更加容易了，隨便找個揭陽的行內人，幾乎都知道。

而賈似道能夠第一個想到楊泉，自然也是事先知道，墨玉壽星出現在日本那邊。而楊泉又一直對賈似道手裏的玻璃種藍翡翠非常感興趣。說起來，在古玩行裏，以物易物，也是頗為尋常的事情。

只是，賈似道總覺得，這以物易物，也應該是雙方對對方的東西都比較感興趣的情況下才能達成的。現在被楊泉這麼一鬧，倒頗有點強迫的意思了。

不過，楊泉看中了賈似道的玻璃種藍翡翠，劉宇飛看中了楊泉手頭的墨玉壽星，兩個人倒也說不上強買強賣。而以賈似道和劉宇飛之間的關係，還有得選擇嗎？

看著劉宇飛那頗為希冀的神色，賈似道只能說了一句：「具體和我說說？」

「行，小賈你夠意思。」劉宇飛轉瞬間就明白了賈似道的意思，當即就說了起來：「按照楊泉的意思，那尊墨玉壽星其實也不是他的，而是井上君的，在東西收過來的時候，就是井上爺爺出的手。按照他給我看的圖片來看，我琢磨著，應該在五六百萬左右。當然，這是我們大陸的價格。至於日本那方面，就很難說了。」

任何古玩，在不同區域，自然也會有不同的價值。

比如古代的東西，有些外國人壓根兒就看不懂，卻又價值連城。不要說國內國外了，就是同一件東西，在國內，也有著一定的價格差異。在北方出手的價格，要比在南方更高一些。

「那我的玻璃種藍翡翠呢？」賈似道詢問了一句。

「你那塊翡翠料子，如果不加工，以現在的模樣出手的話，差不多能到千萬。不過，藍翡翠對於日本來說，的確有著不同尋常的意義。要不然，他們也不會花如此多心思了。」劉宇飛說著，拍了拍賈似道的肩膀道：「小賈，你要是不想親自去交易的話，不妨把東西先轉讓給我，我直接給你一千兩百萬如何？」

賈似道尋思了一下，說道：「也好。」

楊泉這個人，除去主觀的印象之外，賈似道還是頗為佩服的，能對於一件自己喜歡的東西花盡心思，去努力獲取任何一個機會，這是十分難得的。反倒是那些半途而廢的，倒是會被人鄙視了。

而劉宇飛開出的一千二百萬的價格，賈似道無話可說，他如果直接去和楊泉交易的話，估計也就是這個價錢。而讓劉宇飛去交易的話，在砍價的時候雙方肯定會有一些顧忌，但是以劉宇飛在商場上的老道，肯定不會太吃虧。

「不過，我可是要去看看那尊墨玉壽星的。」賈似道笑著說了一句。

「沒問題。」劉宇飛大方地說，「好歹，那也是用你的東西去換過來的。至於楊泉另外想要的四彩料子，我就直接幫你給推掉了。」

說到最後，劉宇飛還感歎了一句：「其實說起來，我也不想把藍翡翠給換到日本去。不過，不管是不是我真的需要那尊墨玉壽星，如果對方開出來的價格合適，那麼用翡翠料子去換取一些原本就屬於我們的古玩，又有何不可呢？」

賈似道聽著劉宇飛的話，忽然心頭就好像打開了一扇窗子。

說起來，對於古代的許多古玩，賈似道心中還是很希望能把流失的都給弄回來的。當然，數量太龐大，全部都弄回來不現實。但若能把其中的一部分，在力所能及的範圍內給買回來，或交換回來，卻是一個非常可行的辦法。

為此，許多人都在不懈地努力著。雖然從價值上來說，墨玉壽星的價格還是比不了賈似道這塊玻璃種藍翡翠，但是，無論是從藝術的角度看，還是從情感的角度出發，賈似道忽然覺得，哪怕就是自己在交換的時候吃虧一些，心裏也能接受。

玻璃種的藍翡翠，以賈似道的能力，以後應該還有機會賭到，但是，流落在日本的墨玉壽星，錯過了這次機會，再想收回來，勢必需要花費更多的心思。

如此一來，賈似道倒是有點希望馬上就看到那尊墨玉壽星了。

「走，去裏面看看，王大哥他們還在砍價呢。」賈似道轉移了話題，「要是楊泉需要那塊四彩翡翠料子的話，你倒是可以讓他來找我。我想，以井上家族的收藏力而言，家中不可能只有一尊墨玉壽星？」

「墨玉壽星自然不是只有一尊。不過，其他的可就價值一般了……」劉宇飛看著賈似道嘴角那淡淡的笑容，倒是有些明白過來賈似道的心思了。

此時，就在賈似道和劉宇飛準備進門的時候，卻看到兩個熟人。

金總和楊總顯然也沒有想到，在這個地方還能遇到賈似道。雙方的臉色自然都不會太好看。金總還嘀咕了一句：「這陽美村，真是很小啊。」

「可不是嘛。」賈似道不冷不熱地說了一句，「我還以為下回見面，就在寧波呢。」

一時間，金總的神色，變得難看起來。

幸虧這個時候，房子裏的貨主興沖沖地走了出來，也不顧門外的四個人正在大眼瞪小眼，客套地寒暄著，直接就對金總兩個人說：「兩位想必就是郝董介紹的客戶。來來來，裏面請。這兩位，尤其是這位小賈，應該不用我介紹了？」

「不用，不用。」金總淡淡地說了一句，「我們本來就認識。」

「是啊，」楊總也插口說了一句，「說起來，我和小賈還是老鄉呢。」

「老鄉？」貨主一愣，隨即笑道：「那正好呢。大家也別在這裏站著，先進去再說。」

一行四人，自然是跟著貨主一道，進到了他的儲藏室裏。

王彪幾人看到金總、楊總的時候，也是一愣。尤其是紀嫣然，還頗有些詫異地瞟了賈似道一眼。對此，賈似道只能是報以苦笑。說心裏話，賈似道也不願意在這裏碰到金總。奈何，陽美村還真的和金總所說的一樣，很小，很小，很小！

尤其是大家都是來看翡翠原石的，再加上郝董和王彪之間，有些認識的客戶是重疊的，所以相遇也就是情理之中的事情。

「幾位隨便看。」貨主倒是很熱情，尤其是對於新來的三人，似乎是想要讓他們立馬就開始挑選原石一樣。那手指的方向，甚至還有紀嫣然和李詩韻兩個人的前面擺著的幾塊翡翠原石。一時間，賈似道的眉頭就是一皺。

而金總和楊總，卻已經在貨主的指引下，慢慢地走向紀嫣然和李詩韻的身邊。

在劉宇飛幾人詫異的目光，賈似道飛快地走到李詩韻身邊，並且扯了一下她的手，小聲問了一句：「李姐，你們看的這幾塊翡翠原石價格，還沒有敲定嗎？」

「是啊。」李詩韻也很無奈，秀雅的眉毛輕輕一皺，她看了一眼中年貨主，說道：「貨主壓根兒就不太想讓價，似乎是特意等待後面的人來看貨一樣。不過，我可沒想到，竟然會是金總、楊總他們兩個。」

這回幾個人算是都被看似憨厚的中年貨主給算計了。

「那就先看看再說。最多咱就不要這些翡翠原石了。」賈似道聳了聳肩膀，「王大哥那邊呢？」

「也是差不多，他看中的翡翠原石倒是只有三塊，不過，具體的目標我也不太清楚。應該只有其中的一塊或兩塊。」一般的翡翠商人，在看貨的時候，自然不會把自己中意的目標很明顯直接地暴露出來，李詩韻也是如此，身邊擺著的翡翠原石可也不少。

「剛才講價的時候，剛講到差不多了，金總他們就來了。」李詩韻一邊看向了金總、楊總，一邊小聲回答著賈似道的詢問。

只有紀嫣然，在看著金總、楊總兩個人的時候，臉上的神色一改往日那種雲淡風輕，微微有了些波動。

當然，金總、尤其是楊總，看見紀嫣然這樣看著他們，臉色自然也不太好看。只是，現在他們也有點騎虎難下。你說不看貨，擺明了是怕了賈似道一行人，繼續看貨，卻又妨礙到李詩韻幾人的講價。正猶豫和躊躇間，貨主卻指了指李詩韻身邊的一塊翡翠原石，說道：「兩位，這邊的幾塊翡翠原石怎麼樣？這些可都是前陣子剛到的貨呢。」

「老闆這樣就不太厚道了吧？」李詩韻出聲責怪了一句，「這幾塊翡翠原石可都是我們先看的，而且我們的價格已經開講了，怎麼能繼續讓別人來看貨呢。」

「小賈和幾位應該是相熟的？」貨主眼珠子一轉，說道：「既然是熟人，那就讓他們兩位看看，又有什麼關係？」

賈似道微微一笑，說道：「這話倒是可以問一下他們兩位。」說著，所有人都期待地看向了金總兩個人。

「既然是李小姐你們先看的，那必然也是不錯的翡翠原石。」

楊總臉上尷尬一笑道，「我們還是不摻和了。金總，我們去找找，或許運氣好的話，還能找到幾塊漏網之魚。運氣這東西，誰也不知道什麼時候就會降臨，你說是不是，小賈？」

說著，楊總還拉了身邊的金總一下。也不等賈似道回話，兩個人就走向了儲存室最裏面一口大大的鐵皮箱子。一般來說，被貨主存放在鐵皮箱子中的翡翠原石，在品質上會稍微好一些。當然，那種塊頭巨大的翡翠原石，就要另眼相待了。

「這個……」看到楊總這般知趣，中年貨主一時間有點琢磨不過來了。昨晚地下賭場他可是親眼看到賈似道幾人和金總、楊總之間的不妙關係。怎麼這時候就變得和氣起來了呢？

「呵呵，看來王老闆你生意還是挺忙啊。」王彪冷眼旁觀到現在，心裏已經非常清楚，這一齣究竟是怎麼回事了。

「既然如此，那我們就繼續說說這三塊翡翠原石的價格，我只願意一共出六十萬塊錢的價格，怎麼樣？」

「我還是那句話，這些翡翠原石，每塊二十萬，實在是太少了。這些可都是老坑種，別人不知道你王總的眼力，我還能不知道嘛。六十萬的話，最多只夠其中一塊翡翠原石的價錢。」貨主說道。

「看來，王老闆對自己的翡翠原石很有信心啊。」王彪聞言也不在意，並沒有和原先那樣繼續砍價，轉而詢問李詩韻道：「你們兩位，怎麼看？我這邊……」王彪攤了攤手。

「王老闆，我們也乾脆點說了。」李詩韻指了指身邊擺放著的幾塊翡翠原石中的三塊，說道：「就這幾塊翡翠原石，王老闆，最低價格能出到多少？」

「四十萬一塊。」中年貨主略一琢磨，說道：「如果李小姐三塊翡翠原石都要的話，一百一十萬，你拿去。」

「要一百一十萬啊？」李詩韻還沒有回答，紀嫣然就說了一句：「太貴了，我們只能出六十萬塊錢，王老闆，怎麼樣？」

「六十萬太少了，一百萬如何？」中年貨主的臉色開始難看起來。或許，他的心裏還在琢磨著，怎麼又是一個六十萬呢？

而賈似道和王彪這邊聽到紀嫣然的話，卻「噗哧」一聲笑了起來。

「一百萬還是太貴了。我們還真只能出到六十萬。多了，那就算了。」說著，紀嫣然一拉李詩韻，朝王彪走去，賈似道自然也緊跟著走了。

「看來，王老闆，我們只能等下次有機會再合作了。」王彪正準備走，卻忽然回頭說了一句：「對了，王老闆，下次要是有好的翡翠原石，記得要早點通知一聲啊。」

而賈似道沒有看到的是，在他們一行人走出儲藏室之後，中年貨主的臉色頓時就變得有些灰暗了。要知道，幾人在這邊看貨的時間是蠻長的，可到頭來，卻一塊翡翠原石也沒有交易。

這其中，他的要價比較高是一個原因，恐怕更大的原因，還在於後來的金總、楊總這兩個人。而此時的金總、楊總也不再認真察看起鐵皮櫃子裏的翡翠原石了，而是來到王彪先前看過並且出價的三塊翡翠原石面前。

第六章

薑還是老的辣

以王彪的能力，

恐怕從金總、楊總一進門時，就看出了一些端倪。

故意在那種情形，還要和貨主王老闆討價還價，

甚至明顯地指自己所看重的三塊翡翠原石。

這些都不過是故弄玄虛罷了，

目的自然是想要引金總、楊總上鉤了。

薑，果然還是老的辣啊！

「王大哥，想必此刻那王老闆的神色，一定很好玩？」李詩韻一邊走，一邊對王彪說：「不過這最後說的一句，我就有點不太明白了。」

「沒什麼。」王彪笑呵呵地說，「他說這批貨是最近剛到的。不過，以我的眼光來看，東西是剛到的沒錯。但是，已經有人先我們一步，至少挑選過一次了。」

「哦，王大哥的意思是，郝董他們之前就來過了？」賈似道心頭一動，「這麼一來，恐怕今天貨主同時安排我們和金總、楊總過來，也是別有用心啊？」

「呵呵……」王彪高深莫測地笑了笑，並未回答。有些事情，自己猜測出來就好，沒有必要全部敞開了來說。就像王彪最後有意無意地提醒了一句，讓貨主以後早點提醒他來看貨一樣。點到即止就行了，大家都是生意人，沒必要為了一時的氣憤，而把所有的後路都給堵死了。

劉宇飛也在一旁補充道：「這樣的事情，在賭石一行還是比較多的。你想，昨晚小賈出盡了風頭，往後被人惦記的時候還多著呢。而且，金總和小賈之間的矛盾，也是顯而易見的，只要是明眼人，昨晚又在場的話，就能看得出來。要是明知道這一點，還不懂得利用，那樣的人壓根兒就不適合在商場混。」

「那你的意思，金總和楊總，故意前來搗亂，還是對的嘍？」李詩韻不禁沒好氣地白了劉宇飛一眼。

「那個，李姐，您可不能這樣看著我，萬一……」劉宇飛撓了撓自己的後腦勺說，「萬一我一個禁受不住，就此愛上你了，那小賈還不找我拚命啊。」一邊說著，他一邊還故意躲開賈似道和李詩韻幾步。

一時間，一行人之間的氣氛，算是融洽到極點了。就連紀嫣然，在聽聞了劉宇飛的話之後，嘴角也微微流露出一絲笑意。只是，在這淡淡的微笑之下，紀嫣然的神情中還有著一絲酸楚……

待到打鬧過後，看到李詩韻的臉還有些泛紅，賈似道不禁走到她的身邊，有些莞爾地看了她一眼。

「都是你，都是你……」李詩韻不禁有些羞惱地連著嘀咕了幾句。

那聲音很輕微，幾乎只有賈似道一個人能聽得見。而且，要不是賈似道的距離實在是足夠近的話，恐怕就是賈似道也沒有機會聽到李詩韻如此這般小女人姿態的羞澀言語。

而另外一邊的王彪，卻琢磨著說道：「其實，金總和楊總兩個人在來之前，應該也不知道我們在那邊看貨的。」

「這個我倒是可以肯定。」賈似道說道。要知道，在門口第一眼看到的時候，金總、楊總臉上的那種詫異，絕對是裝不出來的。

「唉，只能說，我們幾個最後還是被人算計了啊。」王彪看了看劉芳，感慨了一聲，說道：「不過，我們也不用在意。今天成全了金總他們，明天我們或許就少了一個對手了。」

「對了，明天就是翡翠公盤了啊。」賈似道說。

「你就這麼肯定，金總他們明天不會去翡翠公盤碰碰運氣？」劉宇飛瞥了王彪一眼。

「呵呵，以我對金總他們的瞭解來看，他們的資金肯定會有缺口了。」王彪瞥了紀嫣然一眼，才接著說：「在平洲的時候，他們就賭垮過一塊千萬的翡翠原石，昨晚又輸了這麼多。如果說楊總的口袋裏還有一點流動資金的話，那麼，金總的口袋裏肯定是非常拮据了。而今天嘛……」

賈似道聞言，心裏一動，問道：「王大哥，該不是你剛才選擇的三塊翡翠原石裏，有什麼問題？」

「問題倒是沒有。我不是說過嗎，這一批貨已經被行家挑選過了。剩下的，表皮表現非常出色的很少，要不然，就是價值頗高的翡翠明料了。而我看中的那三塊嘛，其實，我就是看中了其中的一塊而已，雖然賭性還不錯，但是風險也很高啊。」王彪眨巴了一下眼睛，頗有些笑意地看了賈似道一眼，然後才笑呵呵地說：「怎麼樣，小賈，我這麼幫了你一把，你是不是應該請客呢？」

說完之後，王彪更是哈哈大一聲，然後，連帶著走路的步伐，都輕快了不少。

不光是賈似道，還有劉宇飛，聞言之後，看著王彪的背影，然後對視了一眼，心裏愣然。

薑，果然還是老的辣啊！賈似道心裏不禁感歎了一句。

以王彪的能力，恐怕從金總、楊總一進門的時候，就看出了一些端倪。然後，故意在那種情形之下，還要和貨主王老闆討價還價，還很明顯地指了指自己所看重的三塊翡翠原石。這些都不過是故弄玄虛罷了，目的自然是想要引金總、楊總上鉤了。

在賈似道幾人離開之後，金總、楊總兩個人收手翡翠原石的價格，恐怕也不會太高。尤其是王彪和紀嫣然開出來的兩個六十萬，絕對會成為金總兩個人砍價時候的利器，心中的參考價格。

當兩個人把手頭的錢花在收手翡翠原石之後，明天的翡翠公盤，對他們原本就缺少的資金而言，無疑更是捉襟見肘，那無疑就會去掉兩個潛在的對手。

當然，兩個人今天出來看貨，也是為了想碰個運氣，萬一找到好原石，切出來，就能彌補資金短缺的漏洞，但是有王彪的下套，兩個人怕是難以如願了。

想到這裏，賈似道看著王彪的背影，心裏苦笑。不管是在哪一方面，自己所需要學習的，實在是很多很多啊！一次小小的看貨，就有下套、反下套等鉤心鬥角的名堂。

不要說是賈似道了，就是李詩韻這樣自己擁有珠寶店的人，也是看得雲裏霧裏的。至少，最後時刻，王彪故意把翡翠原石的價格壓低，留給金總的那一招，連劉宇飛都沒看出來。

不得不說，賈似道一路走來的經歷，實在是太順利了一些。不過，這樣也好，賈似道看了看身邊的李詩韻，下意識地攥了攥拳頭。至少，自己還年輕，又擁有強大的特殊能力，以後的古玩界還怕不精彩，沒有自己的一席之地嗎？

揭陽翡翠公盤的地點，是在有著「玉都」之稱的陽美村舉辦的。

賈似道和王彪等一行人，在經過了金總、楊總的插曲之後，就回到了賓館，然後休息了一個下午，並沒有再出去看貨，也沒有因為有不斷入住酒店的翡翠商人，而變得心浮氣躁。幾乎每年的這個時候，哪怕是翡翠公盤都已經開始了，因為並不是第一天就能看貨、投注、收貨全部搞定的，在這個過程中，依然會有全國各地的翡翠商人們陸續到來。

像賈似道這般提前幾天就到達陽美的翡翠商人，只是占了絕大多數而已。不過，王彪依然還是提醒了賈似道一句：「可千萬不要小看這些在最後時刻匆匆趕來的翡翠商人。」

試想，對於一次翡翠公盤，以現在這個時代交通的便利來看，依然還會有人遲遲到達，最大的可能就是比較忙碌。而能有比翡翠公盤更加重要的生意在忙，就不會是等閒之輩。當然，那種實力不夠的翡翠商人，有很多也會選擇在這個時候前來參觀，以此親身瞭解一下翡翠毛料第一線的價格情況。

說白了，在國內翡翠公盤並不多。大多數公盤上的翡翠原石，也是這邊拍了之後，若沒有完全出手的話，再加上一些翡翠商人手裏的貨，就能去另外一個城市繼續舉辦翡翠公盤。

但是，不管從規模、次序等任何一個角度來說，揭陽的翡翠公盤都是國內所有翡翠公盤中，規模最大、貨源最好的。公盤上很多的翡翠原石都是直接從緬甸那邊過來的。再有就是一些翡翠開採公司的積貨了。這裏面的翡翠原石成色，賭性自然也就非常之高了。也難怪，就連王彪、郝董這樣翡翠行的大商人，也是趨之若鶩，早早就來到了揭陽等待！

與此同時，劉宇飛也沒有獨自回到自己的別墅去，而是選擇在陽美的酒店入住，到了傍晚的時候，一行人還注意到，金總、楊總兩個人果然是如同王彪所預計的那般，收回來不少翡翠原石，其中尤以翡翠明料居多。

這也無疑更加證明了，兩個人這個時候的資金已經告罄了。

翡翠明料的賭性相比起其他的翡翠原石而言，自然要低上不少。但是中間的利潤無疑也要低上一些。要不是受限於手頭的流動資金，以金總、楊總兩個人的身家，自然更加適合在翡翠公盤上出手了。

賈似道和王彪對視了一眼，心中的那份幸災樂禍，也就可想而知了。特別是在看到金總、楊總兩個人的翡翠原石中，王彪所看中的那三塊，竟然全數都被兩個人給收了過去。

至於紀嫣然和李詩韻，看到金總、楊總兩個人的時候臉色也不會太過好看，因為她們倆所相中的翡翠原石中，其中就有一塊被金總給收了下來，或許是金總真的看上這塊翡翠原石了，也可能是他對李詩韻還沒有死心……

不管如何，雙方的關係已經疏遠了很多……

第二天，賈似道還是很有規律地一大早就起來了。翡翠公盤舉辦地距離酒店並不遠。大多數的翡翠商人，都選擇步行前往，賈似道一行人自然也不會例外。一路上，可以看到很多人都在匆匆忙忙或者三三兩兩聚一塊兒小聲說著話，在往前面走。這些人幾乎都是去往翡翠公盤的。

看他們的年紀，普遍都在三四十歲以上，像賈似道、劉宇飛這般年紀的非常少見。最多偶爾看到有幾對一老一少的組合，可能是年長帶著年輕的，準備去翡翠公盤上長長見識的。當然，諸如李詩韻、紀嫣然這般的美貌女子，卻是絕無僅有的了。

以至於，一路上不少人，在匆忙趕路間，還會偶爾關注一下賈似道這一行人。

也許是賈似道在地下賭場一夜成名，許多以前不認識的人，在看到他的時候，竟然也會微微地點頭示意，表示一下問好。這讓賈似道的心情愉悅了不少。

到了地點，賈似道遠遠就可以看到一個高牆大院，一人多高的土黃色牆，乍一看去，範圍還挺大的。想要出入的話，只有一個大門。

不少行人正在往裏面走，當然，門口處還站有好幾個保安人員，似乎是在檢查證件。

賈似道看到幾乎每一個進去的人，都會攜帶一個類似參加會議時所需要攜帶的那種證件。

「劉兄，那東西是什麼？」賈似道可沒有這樣的證件。

「呵呵……」劉宇飛聞言淡淡一笑，從口袋裏拿出了兩個證件，說道：「這個，自然是翡翠公盤的會員證了，是需要事先申請的。拿著。」

賈似道接過來看了一眼，製作比較精緻，不過這上面沒有寫名字，只有一個編號，賈似道不禁問了一句：「這是給我的？」

他有些難以置信，既然這是參與翡翠公盤需要的證件，也不能這麼馬虎吧？

「嗯。」劉宇飛點點頭：「拿著這樣的證件，只要是在國內的翡翠公盤，幾乎都能夠進入的。不過，這可是需要花錢買的。而且，還需要有我們翡翠行的擔保。」

「呵呵，小賈，你不會是連這都不知道吧？」李詩韻頗有些好笑地看了賈似道一眼，說，「那你還來參加翡翠公盤？」話語間的驚訝表情，連王彪幾人都給逗樂了，賈似道自己倒是尷尬起來。

「我這是沒參加過嘛。」賈似道訕訕地解釋了一句。

「你老姐我也沒參加過呀。」李詩韻白了賈似道一眼，隨後，很輕巧地從自己隨身的包包裏，拿出了一張類似的證件。

賈似道好奇地接過來一看，只見上面寫著李詩韻的名字。當然，另外還有「詩韻珠寶公司總經理」這樣一個職位，頓時心裏就有些明白過來了。敢情翡翠公盤，還真不是什麼無名之輩都能來的啊。

像賈似道這樣一沒公司，二沒什麼名氣的新手，想要進入翡翠公盤，就勢必需要有人介紹。再看一眼隨行的幾人中，除去劉芳之外，倒是沒有誰會像賈似道這樣了。難怪最初劉宇飛招呼賈似道前來參加翡翠公盤的時候，就說需要安排一下呢。而劉芳，既然王彪能帶著她一道來了，自然也會有所準備。

果然，就在走到大門口的時候，王彪就拿出了兩張證件來。

賈似道跟在後面，苦笑了一下，不過，心裏還是暗自嘀咕了一句：這每一行的道道，還真是多啊。要是一般的人，恐怕還真的不太容易找到門路。

「不過，劉兄，難道沒有這證件，就是誰來了也進不去翡翠公盤？」賈似道詢問道，「這樣是不是也太嚴格了一些？」

「當然不是了。」劉宇飛笑著說了一句。

「只要你有錢，自然是誰都能進來的。」說著，劉宇飛還頗有深意地看了一眼門口的幾個保安。賈似道頓時無語。

「不過，別看這裏有潛規則存在，他們也能有點油水可撈，但也不能做得太過分。」劉宇飛小聲說了一句，「因為主辦方會考慮到有些翡翠商人，就好比你這樣單幹的，沒有來得及準備證件，這時候就會被允許在攜帶著身分證明的條件下，押金三五萬，就能進來了。說白了，就是想要攔一些前來觀看翡翠公盤的閒人。要不然，大家都來了，整個翡翠公盤可就亂套了。」

賈似道聞言點了點頭。幾個人跟隨者人流，很快進入大門，眼前頓時出現了遍地的翡翠原石。這讓幾人的眼睛頓時都亮了起來。

「那你所說的憑藉這張證件，可以在國內任何一個翡翠公盤出入，又是什麼意思？」想到這裏，賈似道不由得問得更加具體一些了。要是現在面對著的是其他人，或許賈似道還覺得有點不好意思開口。但是，在面對著劉宇飛的時候，卻很直白。

「你看到證件上的編號沒有？」劉宇飛說了一句，見到賈似道點頭，遂繼續說道：「這個在賭石一行，其實就算是一種身分證了。像你李姐那樣的證件，上面也有編號，對應的就是她的珠寶公司。待會兒投注或者下單子的時候，就需要用到這個證件。也就是說，主辦方會根據這個證件，來確認我們的身分。因為你是散戶，即便出了什麼事情或者下了單子最後反悔，他們也很容易找人。這個證件，我就直接掛在我們劉家的翡翠行裏了。所以，小賈，你待會兒下單的時候，可得悠著點哦。」說完，劉宇還是一副嬉笑打趣的樣子。

不過，賈似道聽著，心裏卻感覺有點暖暖的。劉宇飛能把他直接給掛到自家的翡翠行下面，如果賈似道真要出現了跑單之類的問題的話，責任可就全在劉宇飛的翡翠行了。要知道，翡翠公盤上，一旦遇到什麼好的翡翠原石，那價格往少了說，也得成百上千萬的。劉宇飛的信任，無疑讓賈似道體會到了一種難得的兄弟之情。

到了這時候，賈似道也算徹底明白過來。如果沒有這個證件，哪怕你賄賂了門口的保安，進來之後，即便看到自己喜歡的翡翠原石，那麼你也沒有出手下注的機會。

眼前遍地的翡翠原石，堆得整整齊齊的，就好比是排著隊一樣。有的是一塊翡翠原石就佔據一個位置。有的則是三五塊小翡翠原石堆放在一起。抬眼看去，這些翡翠原石在陽光下，偶爾閃爍出一點點的綠色光芒，讓人心中分外欣喜。

都說揭陽的翡翠，向來都是走高檔路線。眼前賈似道看到揭陽翡翠公盤上出現的翡翠原石，也無疑印證了這一點。在目力所及的範圍之內，大多數的翡翠原石都是切開來的明料，哪怕是僅僅只開了小窗的翡翠原石，也是數量頗少，更不要說那種全賭的翡翠原石了。

這對於賈似道來說，卻不是一個好消息。

恐怕只有那種全賭的翡翠原石，才最能體驗出賈似道特殊能力感知的價值。

好在，即便是開了窗的翡翠原石中，也有變種、變色等等風險。賈似道要是小心一些，還是能夠遇到不少極品翡翠原石的。

而劉宇飛、王彪這樣的大商人，自然不在意是不是有全賭的翡翠原石。他們更加在意的是，翡翠公盤上出現的翡翠成色，上面的標價以及最後投注的時候，應該出多少價格比較合適，或者，更大的目的還是在琢磨著能以多少的價格來下注這些翡翠明料以及最終會被誰收走。

哪怕是翡翠公盤上，一丁點兒價格上的變化，也會影響到未來一年兩年內的翡翠成品銷售的價格。

於是乎，前來翡翠公盤的商人中，一批接一批的，從空餘出來的過道上慢慢走過去。有時候，會蹲在某一堆翡翠原石前，認真地觀察一會兒，有時候，卻又對某幾堆的翡翠原石看也不看上一眼，匆匆而過。

這其中，那些熱門的翡翠原石前面，自然是聚集著更多的人。大家討論著，交流著，時而大聲侃侃而談，時而小聲地竊竊私語，各種神態，應有盡有。

「小賈，走吧。」

劉宇飛拉了賈似道一把，說道：「我們還是抓緊時間，先把所有翡翠原石都給過上一眼，然後再對自己喜歡的翡翠原石前面的號碼，留個心眼。下午，或者明天，可以回頭再仔細看看。不過，小賈，我可提醒你，最好不要在觀察翡翠原石的時候喜形於色。不然，容易被有心人給利用的！」

賈似道聞言點了點頭。

眾人眼前的第一堆翡翠原石，品質看上去並不算太好。只不過個頭比較大，比較吸引大家的目光。要知道，這裏可不是緬甸的翡翠公盤，那種超大型的幾噸重的翡翠原石，還是頗為少見的。哪怕是五六百公斤重的翡翠原石，要是全部都是廢料的話，相比起它們能出手的價格而言，公盤的主辦單位，想要把它們運送到這邊來，所花費的運費，恐怕也不太划算。

所以，國內各大翡翠公盤上，出現很垃圾的翡翠原石，尤其是超大型的廢料原石，倒是並不多見。

賈似道剛才就注意到，這條過道兩邊的翡翠原石，基本都算是大個子。所有的翡翠，都直接擺放在地面上。而在每一堆翡翠原石前面，會有一個牌子，上面寫著翡翠原石的標號、重量、價格等各方面指標。

賈似道看了看第一塊翡翠原石，大概有五百來公斤，已經被人切過一刀了。

切面說大不大，說小不小。彷彿是一個人的臉面這般，而從切面上來看，翡翠的顏色微微有些綠意，只是種水的表現不是很出色。要是想要賭這樣的翡翠原石，如果期待內部變種，乃至於綠色變深的話，恐怕只有新手，存著僥倖心理，才會出手賭上一把。

再看其價格，寫著六萬塊錢！

「這都要六萬塊啊。看來，這一次的翡翠公盤，想必會有不少人要大出血了。」賈似道還沒說呢，劉宇飛倒是先感慨了一句，卻也正說出了賈似道心中的感受。現在眾人所能看到的，就是翡翠公盤上的明標。而成交價，往往會是明標的幾倍，幾十倍。翡翠的表現越好，價格也就會被哄抬得越高！

「呵呵，說不定，就是這六萬塊，也會有不少人買呢。」王彪在邊上接了一句，「要知道，這裏可是揭陽的翡翠公盤。」

在公盤上，所有的翡翠原石，幾乎就和在拍賣會上拍賣一樣，價高者得之。當然，和拍賣會上不同的是，在這裏下注的時候，大家所下的單子都是暗標，誰都不知道自己的潛在競爭對手是誰。而所謂的賣家現在報出來的價格，也只不過是一個參考而已。

而且，對於買家而言，尤為不利的是，貨主在最後時刻，可以事先查看所有買家所報出來的最高價格，要是還沒有到達他的心理預期的話，他完全可以花上幾百塊錢，自己進行攔標。也就是這塊翡翠原石，最終還會歸貨主自己所有。事後，可以拿到翡翠毛料市場去銷售，也可以等待下一次公盤。

這樣一來，下注的時候，也就極為考究一個人對於不同翡翠原石在市場上的價格判斷了。價格高了，自己會吃虧；價格低了，不但有可能被其他下注者搶走，還有可能會被貨主攔標。這種對買家極為不利的規則，卻是主辦方們樂意看到的。畢竟，這樣一來，在很大程度上，都會逼著買家對於自己看中的翡翠原石，出到心理的最高價位，然後壓榨出所有翡翠原石最大的利潤！

一行六人邊走，一邊看，偶爾還會討論一下。不過，誰也沒有對某塊翡翠原石表現出非要拿下的意思。

王彪幾人的談話，大多就是說些市場行情，今天的天氣，或者就是互相間打趣幾句，針對翡翠原石的很少。

約莫逛了兩條通道，差不多看了上百份翡翠原石，賈似道心中總算對整個的翡翠公盤大致有了個底！在賈似道看來，很多的翡翠原石壓根兒就不值那個價錢，有些原石哪怕連特殊能力感知都不用去運用，賈似道就能看得出來，只能算是一般的翡翠品種，但是所開出來的價格卻高得嚇人。

更叫賈似道心裏驚訝的是，在這些表現一般的翡翠原石面前，居然還有不少人在認真地察看、討論著。

要不是這些人在裝模作樣，迷惑他人，那就只能說是賈似道的眼光比較高了。

不過，一想到自己所能看中的幾乎都算得上是極品翡翠，賈似道的心中才有些釋然。就比如種地上，至少也需要冰豆種以上的，而在顏色上，多彩的自然好，不過，多彩的翡翠幾乎在顏色上不可能分佈得太過均勻，再加上多彩的不確定性，賈似道倒是更喜歡那種明眼就可以看出來的豔綠、陽綠的翡翠原石！

這樣的翡翠原石，一來賭性大，二來價值高，三來市場大，很適合賭漲之後切開來，馬上脫手！

但是到目前為止，賈似道連一塊想要出手的翡翠原石都沒有看上。看來，現實與心中那份對於翡翠公盤的期待，相差甚遠……

倒是李詩韻幾個人，看到一塊頗為喜歡的翡翠原石，不禁多打量了幾眼。哪怕心中時刻提醒自己要注意，在察看翡翠原石的時候，也難以真的做到不露聲色。那片刻間的欣喜，只要是有心人，還是略微能察覺出來一些的。

對此，賈似道和劉宇飛、王彪三人，只能是相視一笑。

要是每一個美麗的女子，都如同紀嫣然這般，不管是看到好的翡翠原石還是看到奇差無比的廢料，都是一個臉色，恐怕偶爾看之還算是欣賞，時間久了，習慣了之後，卻會出現審美疲勞。於是，在大多數的時間裏，三個男人更多的注意力，都集中在了李詩韻和劉芳的身上。

連帶著，就是一開始的時候，對紀嫣然有些蠢蠢欲動的劉宇飛，這時臉上的神情也變得老實了許多。賈似道還特意用手碰了碰劉宇飛的胳膊，然後再用眼神示意了一下紀嫣然。

結果，劉宇飛歎了口氣，湊在賈似道的耳邊，小聲地說了一句：

「你也不想我追回一座冰山在家裏放著吧？唉，還是你的李姐好啊，又溫柔，又漂亮，可惜，可惜，可惜了……」

至於這最後的可惜，究竟是在感歎賈似道運氣好，搶先下手，又或者是在感歎著可惜了紀嫣然這麼漂亮的女人，怎麼就天生一副冷漠的神情呢？賈似道的心裏可就不得而知了。

幾個人走著走著，就到了一處頗為熱鬧的地方。

賈似道抬眼看去，是一塊比較熱門的翡翠原石，邊上已經圍觀了不少商人，大家也是三五個地聚在一起，說著些什麼，還有幾個人對著面前的翡翠原石指指點點的。

看到賈似道一行人到來，一些散戶主動讓了一下位置，這倒是讓王彪幾人對他們生出些好感來，先是示意地點了點頭，六人才擠進了人群中。

「哇，好漂亮的翡翠啊。」李詩韻和劉芳幾乎是異口同聲地喊了一句。

王彪當即臉上就露出了一絲苦笑。賈似道也頗為詫異地看了李詩韻一眼。不過，李詩韻卻很無辜地朝賈似道吐了吐舌頭。一時間，惹來無數驚豔的目光。

賈似道也被李詩韻的頑皮舉動給逗樂了，小聲說了一句：「你呀。」語氣帶著點溺愛的感覺。似乎在這一時刻裏，賈似道和李詩韻之間的年齡差距，似乎正在縮小，以至於賈似道感覺到自己要比李詩韻老成了許多。

再看了一眼眾人圍觀的翡翠，賈似道心裏一動，臉上露出了釋然的神色，難怪李詩韻和劉芳會驚訝地呼喊出來。

出現在眾人眼前的，是一塊比較大型的翡翠原石。不過，相比起那些動輒上噸或者五六百公斤的翡翠原石而言，眼前這塊就顯得有些嬌小了。賈似道目測了一下，估計只有三百公斤左右，呈圓柱形，豎立地放置著。而在翡翠原石的頂部，已經開出了一個比較小的窗。在其窗口處，氾濫著一團濃郁的紫色，非常明顯，那種濃豔的誘惑，讓人忍不住心生嚮往。

不用賈似道走近，就可以知道，這塊翡翠原石的水頭很不錯。因為在陽光的照耀下，那小小的窗口中，完全可以看得很深很深，而且紫色非常純粹。在彌散出一股浪漫風情的同時，也彰顯著紫色翡翠的高貴！

這麼一來，自然也就更加吸引女性買家的喜歡了。

「現在的翡翠銷售市場上，這種品質的紫色翡翠一旦製成成品飾品，可是非常走俏的呢。」

或許是聽到了賈似道那低微的嘀咕聲，李詩韻解釋了一句：「不過，這塊原石的價格，應該也不低吧？」

說著，李詩韻就拉了賈似道一下，倆人率先走到翡翠原石的邊上察看起來。惹得後面的劉芳埋怨了王彪幾個白眼，生怕這塊紫色翡翠會被賈似道和李詩韻給搶先買走了一樣。

王彪看著劉芳，也只是聳了聳肩，做出一副無辜狀了。

不過，既然連劉芳和李詩韻都能對這紫色翡翠毫無掩飾地表露出喜歡，可想而知，一旦收到這塊翡翠原石製作成翡翠成品的話，在女性市場上會爆發多大的誘惑力。劉宇飛甚至還更細緻地注意到，就連紀嫣然在看到窗口處那濃郁的紫色時，眼神中也泛出一抹神采！

第七章

翡翠與白棉

正準備收手回來，突然，賈似道感覺到，
這團白棉之間似乎還有部分的質地與周邊不同。
莫非在這白棉中間所鑲嵌的才是翡翠？
要說是極品翡翠，至少也應在翡翠的質地中，
鑲嵌著白棉，怎麼現在完全反了過來。

賈似道先是看了看翡翠原石前面的牌子，上面寫著原石重三百二十公斤，而底價也正如李詩韻所猜測的那樣，五百萬，實在是不便宜。即便這塊翡翠原石的貨主已經第一刀切漲了，但是既然能夠被送到翡翠公盤來，就足以說明，這塊翡翠原石，依然存在著一定的風險。要不然貨主早就乾脆自己切開了。

只要翡翠的質地和顏色都是極品，那麼任何一塊翡翠原石，賣翡翠明料的價錢，永遠都要比賣翡翠原石來得高得多！

賈似道下意識地動用自己的手去觸摸了一下開窗處的那團紫色。

手中特殊能力感知在悄無聲息中順著窗口一點一點滲透了進去。他的腦海中頓時閃現出一個詞：冰種！

雖然僅僅是感覺到一條色帶的大小，但這也算是賈似道今天進入翡翠公盤之後，第一次感受到驚喜。

賈似道開始專注起來，他運用感知力，順著這條翡翠帶滲透了下去……

不過，就在約莫過了整塊翡翠原石大概三分之一高度的時候，這種冰種質地竟然越來越小。乃至於到了最後，竟然逐漸消失了，再看了一下自己腦海中具有冰種質地的高度，和整塊翡翠原石相比，大小還不足一小半。

微微搖了搖頭，賈似道收回自己的左手，開始認真地察看起翡翠原石的表面來。除去被切開的那個窗口部分，周邊的自然表層已經被貨主給打磨過了，不太看得清楚具體的表現。不過，這開出的窗，無疑是最有說服力的，而翡翠原石的下半部分表皮，表現就差強人意了。

難怪貨主不敢真的下刀切開。賈似道心裏嘀咕了一句：「這貨主，還真是好眼力，好刀法，挑了個好地方啊！」一連三個「好」字，足以說明賈似道對這塊翡翠原石的看法。當然，要是在平時，賈似道也不會這麼說，但是他看到李詩韻那嚮往的神色，才決定要提醒她一句。

「王大哥，你來看看？」看到王彪和劉芳走進，賈似道出言邀請道。

王彪也不客氣，賈似道拉了一把李詩韻，兩個人站到了一邊。

「小賈，你說的是真的？」李詩韻小聲詢問了一句，「你不太看好這塊翡翠原石？」

「表面來看，這塊翡翠原石自然是不錯。」賈似道考慮著自己的措辭，緩緩說道：「不過，一來，這價格開得實在是太高了。單從開窗部分的表現來看，五百萬的底價，加上這塊翡翠原石的個頭，要是沒個一千萬，恐怕拿不下來。二來，這切出來的窗口，畢竟不如全部切開來的明料那般價格透明度高。哪怕紫色翡翠比較走俏，要是原石內部表現不好的話，這麼高的價格，肯定會虧本！」

賈似道考慮了一下，要是按照他感應出來的那部分冰種質地，全部都是像窗口這般的紫色的話，五百萬的價格，倒是不會虧。一旦價格上千萬，也就是不虧不贏了。一旦價格再高些，又或者原石裏面的翡翠部分顏色有了變化，比如紫色變淡了，那整塊原石的價值，可就要大打折扣了。

對於這樣的翡翠原石，賈似道尋摸著，自己還是儘量有多遠就躲多遠。

聽著賈似道的分析，李詩韻瞪著漂亮的大眼睛，一眨不眨地注視著賈似道，足足過了一分多鐘之後，才很不甘心地點了點頭，說了一句：「好吧，小賈，老姐我聽你的。在看翡翠原石上，老姐自認還是比不過你的。」

至於其他的人，在聽到先前賈似道所說的第一句話之後，是否會認為賈似道是故意貶低這塊翡翠原石，然後自己暗中出手，這就不是賈似道所能顧及到的了。在翡翠公盤上，對於任何一個有點名聲的行家所說出的一句話，大都會被一些散戶翻來覆去地琢磨個三五遍。

賈似道對此也沒有絲毫辦法。至於王彪這樣的大商人，估計也早就習慣了。

凡事還是需要靠自己的眼力來判斷，哪怕就是最後切垮了，也怨不得別人。想要玩古玩或者玩賭石，不經歷打眼根本就成不了什麼氣候！

「還挺不錯的。」王彪看完這塊翡翠原石之後，在劉芳灼灼的目光注視下，也沒有多說，相反，看著劉宇飛說：「小劉，不如你也來看看？」

「好。」劉宇飛一邊靠近，一邊搓了搓雙手。而在劉宇飛的身後，紀嫣然看到再沒什麼人上前了，自然也靠近察看起來。

不過，賈似道看著王彪的神情，心裏不由得一陣擔心。以賈似道對王彪的瞭解來看，如果王彪在看完翡翠原石之後，侃侃而談或者說幾句逗趣的話，那麼這塊翡翠原石勢必就不會放在他的心上。但像現在這般，只是這麼吝嗇地說了一句，又不發表任何看法，恐怕他心裏已經有些心動了吧？

「看來，還是劉芳跟在邊上，影響了王彪的判斷。」賈似道暗自琢磨著，就翡翠原石下半部分表皮的表現來看，肯定還沒有達到讓王彪賭上一賭的程度，除非翡翠原石的價格很便宜。現在可是在翡翠公盤上，這塊翡翠原石又是熱門，這樣的情況還有可能嗎？

賈似道只能祈禱著，王彪不會下狠心去賭這塊翡翠原石。

至於李詩韻，賈似道深信自己的判斷能夠影響李詩韻的選擇。對於王彪，賈似道就有點無能為力了。好在王彪這樣的老手，偶爾經歷一些失手，也不需要賈似道去擔心。待到劉宇飛和紀嫣然察看完這塊翡翠原石，賈似道心中的那份擔憂已經淡了。

「還真是塊不錯的翡翠石呢。」劉宇飛接著王彪的話頭，就此嘀咕了一句，也算是發表了自己的看法。紀嫣然並無言語，一行人，擠出了人群，轉而接著往下面的翡翠原石繼續一路走，一路察看著。

賈似發現，竟然幾百份的翡翠原石看過去了，都沒什麼全賭的毛料，不禁有些猶豫地詢問了一句：「劉兄，莫非這揭陽的翡翠公盤上，沒有全賭毛料？」

「呵呵，我就知道你會有這麼一問。」劉宇飛淡淡一笑，看著賈似道那訕訕的神情，心裏一樂，說道：「好了，你也不用這麼看著我。小賈喜歡全賭的毛料，尤其喜歡那種價格便宜的全賭毛料，凡是認識你的人都能看得出來了，又不是什麼秘密。」說著，還一副很無語的樣子：「不過，說實話，你是不是有什麼秘訣啊？你賭漲的機率也實在是太高了一點。」

「秘訣？」聽到劉宇飛這麼說，紀嫣然也頗有些好奇地打量了賈似道一眼。

賈似道只能苦笑著說：「我能有什麼秘訣啊。我入行的時候，你們都已經是行家了。我只不過是在賭石的時候，有點直覺。而且，我對於翡翠原石的判斷，也更加大膽一些。所謂初生牛犢不怕虎，選擇那些便宜的全賭翡翠原石也是沒辦法的事情，難道開窗的原石能更便宜一些？收上來的價錢低，即便虧了，也能少虧一點。這總沒錯吧？不過，似乎我一直以來運氣都還不錯！」

說著，賈似道攤了攤雙手。

他知道，即便現在大家表面上的關係顯得非常融洽，但是真正關係到切身利益的時候，眾人之間還是存在諸多競爭。就好比先前的那塊紫色翡翠原石，看劉宇飛的樣子，恐怕也會下注。只是金額應該不會太大而已。

這麼一來，他和王彪之間，就那塊翡翠原石，勢必不會再交流些什麼意見了。免得被誤會對方是在誤導自己的判斷！

而當同行的人之中，有那麼一個人，總是賭漲要比切垮的時候多。哪怕就是親兄弟之間，內心裏多少也會有些疑惑的。

劉宇飛現在這麼挑明了問，實際上等於是給了一次釋放大家心中疑慮的機會。

賈似道頗為識趣，給了劉宇飛一個感謝的眼神。劉宇飛笑了笑，轉而指了指翡翠公盤左邊的一個方向，說道：「小賈，你要是準備找全賭翡翠原石，倒可以去那邊看看。不過，可別說我沒提醒你，在揭陽的翡翠公盤上，全賭的毛料本來就不多，即便有，成色恐怕也不會太好。要是到時候你看了不滿意，可別怪我浪費你的時間。」

「呵呵，怎麼會呢。」賈似道笑著說了一句，心裏倒是琢磨著，即便全賭的毛料都不太好，如果價格足夠低的話，還是值得去挑選一下的。這種運用特殊能力感知來直接撿漏的打算，一早就在賈似道的心底裏盤算了。即便最終一無所獲，賈似道也沒有什麼好鬱悶的：「那不如，你們先在這邊看著，我一個人去那邊瞅瞅？」

正說話間，邊上卻有不少人，轟然之間就吵開了！

賈似道一行人不由得全部好奇地打量了一眼！

原來，就在幾人的邊上，早就聚集了一堆人。如果是在翡翠毛料市場中，這樣一堆的人圍繞在一起，自然是有人切石了，但是，在翡翠公盤，如此眾多的人聚集在一起，就顯得頗為尋常了。放眼望去，在整個翡翠公盤的場地之內，都是聚在一起的商人！

賈似道注意到，這堆人裏還有不少熟悉的身影，尤其是在平洲那會兒認識的一群大商人們。

王彪看著賈似道那詫異的目光，特意地解釋一句：「這個圈子本身就不大，揭陽翡翠公盤又屬於國內最大的公盤，看到熟人也是正常的。要是小賈你在這行再混個三五年，以你現在的能力和發展勢頭，想必以後走到哪裏，都能遇到認識的人。」

說到最後，那淡淡的笑聲，讓賈似道一時間有些尷尬起來。

不過，在翡翠公盤也的確如此。大凡一些表現良好或有爭議的翡翠原石面前，基本不會缺少看客。

要是讓王彪在翡翠公盤出手質地在豆種以下的翡翠原石，也實在是有點大材小用了。不管是在任何一個行業裏，不同級別的人所追求的目標也是不相同。

比如賈似道自己，在整個翡翠公盤的翡翠原石，雖然數量巨大，數之不盡，但是真正看得上眼的，卻絕對不會超過一百塊。而且，耐人尋味的是，這一百塊翡翠原石中，絕大部分都是放置在場地最裏面的那些翡翠明料，也就是公盤所謂的明標。

至於翡翠公盤最大的變數，就是賈似道一行人現在所察看的這些暗標。

賈似道對於明標和暗標的理解還是來自網路。不過經過先前一路走來，與王彪等人的溝通談話，他深刻認識到，就他口袋裏那幾千萬的資金，想要在明標上有所斬獲是非常困難的。

說白了，前面的暗標是讓你先挑選好的翡翠原石，在大家都不知道的情況下可以隨意按照自己的判斷來出價。誰也不知道你有沒有投注或投注了多少，到底投注到了哪幾塊翡翠原石上。

這樣的形式，顯然有著很大的偶然性。

但是明標卻不同，在投標的時候是公開的。想要投注的話，必須有人到前台去投注，在眾目睽睽之下。雖然下注的金額主辦方不會公佈出來，你一個人也可以多次投注，一次一次地追加金額。但是，畢竟是在大家的眼前，公開了你想要這塊翡翠原石的意圖！

要是翡翠原石級別很好，一旦有人開始和你爭搶，那投注的金額，不管是誰，心裏也會沒底！而且，大家所投注的還是翡翠明料，對於投標的目標，究竟能值多少價錢，相比起眾多在翡翠一行摸爬打滾數十年的老商人們而言，賈似道沒有任何優勢！

所以，賈似道在翡翠公盤最大的目的，還是在前面的暗標部分，盡可能多地撒網！但凡可以看得上眼的翡翠原石，都應該摻和一下。能不能中標暫且不說，目標多了，總歸還是能碰到幾次好運氣的。

只要價格控制在自己的心理承受範圍之內，中標了，自然高興。要是沒有中標，被別人搶走了，至少說明人家更加看好這塊翡翠原石，出價又高。輸了，也沒有什麼遺憾！

不過，這樣一來，也讓賈似道不得不盡自己最大的努力去估算翡翠原石的價值，然後判斷出一個最合理的價位！實在是勞心勞力，絲毫不比普通的看貨來得輕鬆愜意！別看賈似道和王彪一行人，一邊走一邊察看翡翠原石，臉上的神情，都頗為輕鬆，有點雲淡風輕的感覺。但是心底裏，誰也不知道，究竟在這樣的不經意間，多少塊翡翠原石，多少個標號，已經印在了各自的腦海中。

就是那些大翡翠商人，也是如此。像眼前這些人，在看貨的時候爭吵起來，也是非常少見的！

賈似道一行人湊到邊上，先看了看眾人圍觀著的標號下的翡翠原石，這是一堆小塊翡翠原石的組合。中間一塊比較大的翡翠原石，大概五十公斤多點，賈似道還上前幾步看了看標號的資料，果然是大塊的為主，其餘還有六小塊，大約是在十幾公斤重左右的翡翠原石，最小的一塊，還不到五公斤重！

但是，當賈似道逐一看過這七塊翡翠原石的時候，心裏卻是一愣！原來眼前在同一份的標號下，竟然有七塊翡翠原石，就已經叫人驚訝了，尤為難得的是，這七塊翡翠原石，竟然還全部不是一個品種的。

從先前聽到的眾人爭執中，賈似道就猜測，這其中肯定有著賭性非常高的翡翠原石，否則大家不會起爭執。

僅僅從翡翠原石的表皮來看，就有白椒鹽的，也有兩塊烏沙表皮的，還有非常粗糙的瀝青石表皮，當然，最為讓人驚訝的是中間最大的這塊翡翠原石，竟然有一半的表皮部分呈現出一些綠意，而另外一半呈現出灰褐色，而且還糾纏著裂和蘚。

賈似道倒吸了一口氣。從這一半部分的綠意來看，整塊翡翠原石的賭性還是非常巨大的。這原石表層的綠意雖然不是很濃翠，但相比起一般的翡翠原石而言，因為看得見綠色，所以相對來說風險要小許多。而且，這少部分裸露在外邊的綠色翡翠是質地較為出色的冰種，這也更加增加了這塊翡翠原石的分量。

但是，這下半部的裂和蘚，很複雜地糾纏在一起，卻實在是非常少見。

至少賈似道看了這麼多翡翠原石以來，這還算是遇到的第一塊了。就連王彪，在注意到這底部的外表皮表現的時候情不自禁地就皺了皺眉頭。反倒是紀嫣然在看到這塊翡翠原石的時候，眼神中流露出了諸多好奇。

李詩韻幾人，也跟著湊到了翡翠原石跟前。大家的視線，無一例外地都投注在中間這塊最大的翡翠原石上。

「小賈，這塊石頭，還真是不太好判斷啊。」不知道是不是有意的，劉宇飛在看了看翡翠的表皮之後，對著賈似道感歎了一句。

賈似道不禁很無語，不就是想聽自己的心裏想法嘛。或許是看出了賈似道無奈的眼神，劉宇飛有些訕訕地說：「按照我的觀點來看，這塊翡翠原石的賭性還是比較大的。不過，這裂和蘚出現在一塊，而且，還『咬』得這麼緊，實在是讓人擔心。」

再看貨主自己標出來的七塊翡翠原石價格，七百萬！

這一價格著實震驚了賈似道一行人。

「乾脆去搶好了。」李詩韻暗自嘀咕了一句。倒是王彪還算耐得住性子，看了看那七百萬的標價之後，依然仔細察看翡翠原石。除去最大的這塊，其中的兩塊十公斤左右的烏沙原石，無疑是剩餘的所有翡翠原石中，外表皮表現最出色的。連賈似道都不禁心動地察看了一番。

只是，當賈似道用自己的特殊能力去探測這兩塊烏沙原石的時候，還是忍不住皺了皺眉頭。外表皮的良好表現，內部竟然是廢料，這實在是出乎賈似道的預料。以賈似道現在的水準，不管是經驗還是具體察看翡翠原石的能力，和王彪這般的行家，自然還有著不小的差距，但是，相對於一般的新手而言，賈似道的眼力還是頗為上乘的。

但是眼前的兩塊烏沙翡翠原石，卻把賈似道剛剛建立起來的自信，給打擊得煙消雲散。

賈似道訕訕地縮回了自己的左手，摸了摸自己的鼻子，琢磨著是不是要繼續用自己的特殊能力感應下去？

「王大哥，難道您還準備從這六塊小的翡翠原石中，找出什麼好的翡翠來？」劉宇飛看著王彪和賈似道的舉動，不禁好奇地詢問了一句。至於賈似道的意見，似乎已經被劉宇飛給完全忽視了。

翡翠公盤，的確是個能創造奇蹟的地方。但是，劉宇飛可不認為賈似道就能一直創造奇蹟。尤其是在賭石這一行，沒有誰可以永遠創造奇蹟。

「呵呵，隨便看看而已。」雖然幾人說話聲音都比較小，在看貨的時候，邊上的翡翠商人們也會主動稍微站開一些。這也是不成文的行規。但是，王彪還是表現得很謹慎，並不準備多言。

說話間，王彪很自然地收手站到了一邊。

而李詩韻、紀嫣然自然是趁著這個時候，開始了她們的察看。如果沒有財力把翡翠原石給收下來，過過眼癮也是不錯的！反倒是劉宇飛，看著兩塊烏沙原石，一時間有些猶豫不決。

賈似道更是心裏一頓，莫不是劉宇飛從原石的外表皮就能看出些什麼門道來？

如果這樣的猜測成立的話，恐怕賈似道內心裏的打擊，會來得更大一些。

在劉宇飛放手之後，賈似道不相信地再度察看起兩塊烏沙翡翠原石。到了這個時候，倒還真是被賈似道看出些端倪來。

因為這兩塊翡翠原石，都是切開過窗的，窗口不大，隱隱有一絲綠色流露出來。從切痕來看，切刀的人無疑是一個行家老手。切面平整而光滑，只是不太細膩，說明這兩塊烏沙原石的質地不是太佳。

而賈似道先前所認為的，在切面窗口邊的蟒帶以及松花，雖然在表皮看來有點明顯，但是蟒帶的走勢並不好，連松花的散佈也顯得有點錯亂不夠規整。難怪貨主會選擇直接出手，而沒有選擇繼續擦開來。

這樣的翡翠原石想要賭大的話，還是存在很高風險的。

就衝著這兩塊翡翠原石是烏沙表皮的，恐怕也會有不少商人會拚一把吧？想到這七塊翡翠原石是堆在一起標號的，也就是說，哪怕你只是想要其中的一塊，也必須要把剩餘的六塊也一起給買回去。

這樣的銷售方式，無疑對那種手裏掌握著大量翡翠原石，但是只有其中一兩塊比較出色的貨主十分有利。只要把最出彩的翡翠原石往中間一擺，邊上搭塊普通的翡翠原石，而且價格不開得太過分的話，還是有不少人能願意出手的。

隨著緬甸那邊的翡翠公盤，開了這樣的先例之後，類似的銷售方式也層出不窮。最過分的，還有直接搭幾塊切開來的廢料的。

眼前這七塊翡翠原石，貨主未嘗就沒有存了想要拚一把的意思。要不然，就光是最中間這塊翡翠石單獨出手，按照那五十五公斤的重量，不管怎麼說，也開不出七百萬的價格。好在這位貨主，似乎十分瞭解商人們的心理，在擺出自己最大的倚仗之後，還湊了六塊小型的翡翠原石。從表皮的表現以及切開來的切面來看，都還算過得去。這麼一來，七百萬的價格，也就顯得順理成章了。

只是，商人們自然也不傻！以七百萬的標價而言，真想要拿下這份翡翠原石的話，賈似道估計沒有一千兩三百萬，壓根兒就沒戲！

而且，從這些圍觀人群中的反應來看，這一標號的翡翠原石，應該也是整個翡翠公盤的熱門毛料之一。

賈似道不再去管那兩塊讓他心情十分鬱悶的烏沙翡翠原石，轉而去探測其他幾塊小型的翡翠原石。白椒鹽這塊，是賈似道的首選。一般，這樣表皮的翡翠原石，風險性要小很多，切面的表現也是幾塊原石中最好的，綠意雖然不濃，勝在質地和水頭都還不錯。

而事實也證明了賈似道的猜測，翡翠原石內部果然出現了賈似道所熟悉的冰種質地，只是體積稍微小了一些。但是，只要切出來的顏色比較濃翠的話，賈似道琢磨著，就這麼一小塊的翡翠原石，大概就能換回來幾十萬乃至百萬的回報。

至於黃椒鹽這塊，是比較普通的一塊，尋常得很。不管是切面的表現，還是其他部分表皮的呈現，都是中規中矩。賈似道連用特殊能力探測的心思都沒有動過，就很快地忽略了它，轉而看向剩下的兩塊翡翠原石。

說是兩塊，其實就是一塊翡翠原石，因為對半切開來之後，所以變成了兩塊。

若僅僅如此，賈似道還能流露出一絲欣喜。畢竟，切開來的翡翠原石，再怎麼樣，也至少把其中的一個切面給暴露出來了。但是，眼前的這塊翡翠原石，卻實在是怪異得很。切面的部分，竟然也全部都是粗糙的表皮層，絲毫看不見有翡翠的質地出現。

賈似道腦海中開始琢磨著，若自己是這塊翡翠原石貨主的話，面對這麼一塊石頭，扔了，實在可惜，不扔，又很難從表皮中找出任何關於翡翠原石內部的資訊，實在是雞肋得很。從中間一刀切下去，賭一賭，也是個很正常的心理。

只不過，貨主的運氣實在是不怎麼樣。切出來的效果，還不如不切開來呢。

貨主把這兩半的翡翠原石，拿到翡翠公盤來也是有著不得已的原因。要是放在翡翠毛料市場來出售的話，肯定無人問津！而現在突然把這兩半翡翠原石和其他的原石湊到了一塊兒，七塊翡翠原石一起打包出售，卻能壯大翡翠原石的整體重量！

真要說起來，這兩個半塊翡翠原石，恐怕才是貨主精心設計的添頭，捆綁銷售的重點？

賈似道摸了一下自己的鼻子，深吸了一口氣，才對著小半塊翡翠原石伸出了自己的左手，不消片刻，賈似道心裏有數了。果然是一整塊的廢料，裏面的質地和表皮的表現一模一樣。不用多想也知道，不是這塊翡翠原石的表現不好，而是整塊翡翠原石的表皮實在是太厚了。

貨主都已經是對半切開了，還僅是切了個表皮部分而已。

而對於另外這半塊比較大的翡翠原石，賈似道又有點躊躇起來，有時候，過早知道答案也是一種折磨。看了一眼邊上的王彪、劉宇飛幾人，此刻他們都是雙手抱在胸前，看著賈似道的舉動。尤其是劉宇飛，還特意瞪大了眼睛，一眨不眨地盯著賈似道看，似乎想要從中找出賈似道看貨的獨家秘訣一樣。賈似道瞥了他一眼，心裏微微一笑。

他只是和翡翠原石的皮部分接觸了一下，偶爾也會用強光手電筒，也算是掩飾得很不錯了。

當然對於眼前這塊翡翠原石，什麼強光手電筒、放大鏡，全部都是白費勁，壓根兒就和肉眼去察看，沒絲毫區別，那豆大的顆粒，實在是再清晰明顯不過了。

賈似道長歎一聲。不管怎麼樣，遇到這麼奇怪的一塊翡翠原石，要是不用自己的特殊能力感知一下，他總歸有點不死心。而且，這種感覺很微妙。畢竟整個翡翠公盤所出現的翡翠原石，這次若不能收入囊中的話，下次再看到的機會是很渺茫的。

賈似道先看了一眼手錶，時間在悄然流逝，他心動了，然後，似乎是有意地看了一眼中間那塊裂和蘚交加的翡翠原石，才把自己的左手義無反顧地觸摸到這半塊翡翠原石上。

初一入腦海的，依舊還是那種粗劣的質地。但是，在經過一層相對來說比較厚實的距離之後，原本那種粗大的顆粒，卻突然間變少了許多。賈似道的心頭不禁一喜。最大的擔心，就是整塊翡翠原石全部都是廢料，那就實在是浪費自己的感知了。

現在情況突然好轉，雖然僅僅是一個開始，卻也讓賈似道興奮不已。這種感覺，有多少時間沒有擁有過了呢？

賈似道的腦海裏，逐漸投射出整塊翡翠原石的內部情形，很快，他的腦海裏出現了一個怪異的感覺。

整個翡翠原石內部質地比較細膩的部分，竟然是一個扁平的不規則形態。大概有成年人手掌那麼寬大，只有兩個手掌相疊的厚度。說得形象一些，就彷彿是漂浮在翡翠原石內部的一片雲彩！至於質地，卻不是一如既往的翡翠質地。玻璃種、冰種、豆種統統都不是。以賈似道的經驗來判斷，似乎是這一大片的區域，所有的質地都應該是白棉！

很純粹的白棉！

一般說來，被切開來的翡翠原石，哪怕是切出了極品翡翠，也是中間多有鑲嵌著白棉、草芯子之類的絮狀物，有的甚至出現黑斑。就是市場上的高檔翡翠成品中，依然會存在這些與翡翠相生相伴的雜質。

除非是賈似道家中存放著的那種玻璃種帝王綠級別的翡翠，或是極少數的陽綠、豔綠翡翠，商家為了獲取最高的利益，把翡翠明料中最為濃翠的部分給挖出來，做成滿色的手鐲，或做成戒面，才能達到純粹無瑕的地步。

至於其他的，市場那種幾百上千塊錢，就通體碧綠的翡翠手鐲，想也不用去想，肯定不是天然的！

但要是說，白棉也很值錢的話，大凡稍微懂得一些翡翠的人，都會笑掉大牙。

而現在，被賈似道抱以希望的翡翠原石，讓賈似道花費了無數精神的翡翠原石，內部竟然全部都是白棉，這樣的結果多少還是讓賈似道充滿了失望。

大凡翡翠原石，切出來的切面全是白棉的話，都會掉價許多。更不要說內部全部都是白棉。這樣的石頭，扔在大街上估計都沒人會去撿。

正準備收手回來，突然，賈似道感覺到，在這一整團的白棉之間似乎還有部分的質地與周邊的不同。這讓賈似道眉頭一皺。莫非在這白棉中間所鑲嵌的才是翡翠？要說是極品翡翠的話，至少也應該在翡翠的質地中，鑲嵌著白棉，怎麼現在完全反了過來。

如果是白棉中鑲嵌翡翠，那麼顯然，這個翡翠的含量也是很少很少的。

不過，既然都已經感應到這個地步了，賈似道感覺自己也不差這最後一點點了。當下，就讓自己的注意力集中到白棉的中間部分去。

果然，在感知下，腦海裏出現了白棉區域中的景象，那裏果然還有不少的翡翠質地。

只是讓賈似道奇怪的是，這些翡翠的體積很小，凌亂地散佈在白棉上，其中最大的一個，恐怕也不如拇指指甲蓋大，長度也僅僅是那麼短短的一釐米出頭。而小一點的，數量倒是有不少。有的類似黃豆，有的類似芝麻，在賈似道可以清晰地感應到的，就有十來顆之多！

唯一的一條算是比較類似於翡翠質地的部分，那形狀更是讓賈似道有些哭笑不得，竟然如同一根香煙！

其次，就是這些所有可以感到的翡翠，在賈似道的特殊能力感知細心的分辨之下，卻不同於以前印象中的任何一種翡翠。要說冰種是那種糯糯的感覺，讓賈似道可以感歎翡翠的細膩，玻璃種可以讓賈似道感覺到翡翠的空靈的話，那麼，現在翡翠原石內部的這些點，卻讓賈似道感覺到，自己的感知在通過這些部分的時候，竟然有些滯留的感覺！

難道是感知出現了問題？還是說，這塊翡翠原石外表皮部分的瀝青質地，讓賈似道的特殊能力有了後遺症？

第八章

玻璃種藍翡翠

賈似道甚至不用去細看這塊翡翠，
就能從劉宇飛的表情裏看出來這塊翡翠的成色。
畢竟，遠遠一看，就能發現是玻璃種，
足以說明這塊翡翠的水頭是上佳之選。
那淡藍色彩，比起賈似道的那塊，雖有些差距，
卻也足以讓楊泉一行人欣喜若狂了。

就在此時，賈似道腦海中閃現一陣微微的暈眩感。賈似道心裏駭然，很快地收手回來，而心中，卻冒出了一個迷惑：難道暈眩，就是那種特別的滯留感才造成的嗎？

要知道，對於這七塊翡翠原石，賈似道原先最在意的，肯定還是中間那塊五十五公斤的帶裂和帶蘚的翡翠原石！

畢竟，用來陪襯的六塊小翡翠原石，都只是貨主出售策略的需要而已。只要能切出中檔的翡翠來，大家就不需要再過多地關注了。

而現在，要是讓賈似道再去探測中間那塊翡翠原石，實在太勉強了。

最終，賈似道還是訕訕地收手，站到了王彪一行人的中間去。眾人自然也不會去詢問賈似道察看翡翠原石的結果，很默契的，大家都把注意力給轉移到了下一堆的翡翠毛料。只有李詩韻，看到賈似道有些疲勞的臉色，露出了一絲擔心。

賈似道心頭一暖，也不管這裏是不是在翡翠公盤，自己一行人有很多人小心觀察著，微微踏前一步，就握住了李詩韻的手。

這麼一來，倒是李詩韻的臉，泛起了一抹好看的紅暈。她可沒有想到，一直比較木訥的賈似道，到了這個時候，怎麼突然就這麼大膽了。而此時的李詩韻，另外一邊還站著紀嫣然呢。

偷偷瞄了紀嫣然一眼，似乎感覺到對方並沒有把注意力關注在自己的臉上，李詩韻才算長長地舒了一口氣。她也不知道，這個時候的自己，怎麼會不選擇去看賈似道，反而去關注紀嫣然的反應呢？

不過，被賈似道握著手的感覺，還是挺溫暖的。雖然，這個時候是夏天！

當然，李詩韻不介意，卻並不表示賈似道對此還有些後知後覺。賈似道很快就放開了李詩韻的手。

因為幾個人，不覺間就走到了明標區域！赫然出現在眾人眼前的，不再是那品質參差不齊的翡翠原石，而是清一色鮮亮的翡翠明料！這也讓眾人的眼神不由得為之一亮！

要說前面的暗標部分考驗的是個人對翡翠原石的眼力和對市場上翡翠商品價格的判斷的話，或者還需要各自的運氣，那麼，明標這一部分，就是考驗資金實力了。

除此之外，還需要你擁有強大的心理承受能力以及對於其他人內心變化的猜測。所以，這翡翠公盤的「明標」部分，更多的是被翡翠商人們歸結為，是屬於大翡翠商人的內戰！一些手頭資金比較緊張的小戶，壓根兒就不用想在明標部分的翡翠料子上出手，過過眼癮即可。正所謂，看過即擁有！

要知道，不管是翡翠市場還是翡翠公盤，對於出售的翡翠原石，基本上都不會允許拍照留念的。用貨主的話來說：你買回去之後，想怎麼拍就怎麼拍。但現在東西是我的，就不允許你來拍。

一來，是怕被人惦記上；二來，也是為了增加翡翠原石的神秘感！

賈似道隨著王彪等人的腳步，走在通道中間。先前在暗標部分看著眼熟的那些大翡翠商人們，此時也都聚集在這邊的通道上，見到賈似道一行人，也不斷地點頭示意。本來賈似道還準備打個招呼的，好歹也算是認識的人，大家聯絡一下感情還是必需的。畢竟，賈似道以後還準備在賭石一行混下去。這樣賺來的錢，遠要比投資賈似道所不懂的股票、基金來得快捷許多。

只是，那些商人們，僅僅都是對著賈似道微微一點頭，轉而就察看起通道邊上擺放著的翡翠明料了，有些人甚至根本不去關注邊上都有哪些熟人，而是自顧自地認真琢磨，眼前這些翡翠明料究竟可以出多少手鐲，花多少錢收下，自己是否虧本或者會贏利多少。總之大家都是一副「我很忙」的樣子。

賈似道摸了摸自己的鼻子，總算明白過來，在翡翠公盤上，除非是特別熟悉的人，不然，基本上沒有搭話的可能。當然如果你準備和他們一起討論翡翠的話，那情景可就不一樣了。一路走來，這邊「明標」區域三五成群的組合明顯多了起來。若誰還是自己一個人前來看貨的話，就會顯得比較特立獨行了。

在自己身邊的人也不少，賈似道腦子裏琢磨著，卻發現身邊的李詩韻、紀嫣然和劉芳這三人，到了這邊之後，就和賈似道等三個男人分開了。

賈似道不由得一愣。

「小賈準備跟著她們，還是只管我們自己啊？」劉宇飛卻拍了賈似道的肩膀一下，說道：「你可別這麼看著我，反正我就是一個人，怎麼著都行！」說完一副打趣的神情看著賈似道。

王彪微微一笑，對迷糊的賈似道解釋了一下：「小賈，要是我們三人一起，自然需要系統看一遍這公盤上到底都出現了什麼樣的翡翠明料。要是跟著她們三個的話，那就只能是隨著她們的性子，走到哪兒算哪兒了。」

「這也沒什麼區別吧？」賈似道琢磨著說了一句，「難道她們還會跳著察看不同的翡翠明料？」

「這可說不定。」劉宇飛說著，指了指邊上的翡翠明料，說道：「就說眼前這些翡翠明料，這邊的幾塊都是綠色翡翠，對於我們這些生意人來說，綠色的翡翠自然是市場上的主打翡翠了。不管是經歷什麼年代，都能長盛不衰。可是，對於女人而言，這些綠色翡翠，除去質地、水頭之外，在顏色上壓根兒就沒有什麼特別的地方。反而不如一些其他顏色的翡翠來得搶眼，要是跟著她們的話……」

接下來的話，即便劉宇飛不說，賈似道也能明白過來。

再轉頭看了一眼李詩韻，正和紀嫣然、劉芳在一個攤子前面，小聲討論著什麼，那欣喜的模樣，除非是看到了極品玻璃種或者陽綠的翡翠，要不然，就極有可能是紫羅蘭之類的。

「走吧，劉兄，你不是說明天才是投標的截止日期嗎？而且翡翠明料也是最後才投標的。我們有大把大把的時間來察看。」賈似道琢磨著，說道：「還是先跟著她們三個吧。不然，真不曉得會鬧出什麼事來。」

雖然說這裏是翡翠公盤，能進來的，都不是易與之輩。但是，紀嫣然三女的姿色，還是讓賈似道有點不放心。再看場內的這些人，像賈似道這樣年紀的人，雖然不多，卻並不是沒有。

了。

就這麼一會兒的時間，已經不知道有多少雙眼睛，注意在紀嫣然幾女的身上

美貌的女子，和翡翠的冷豔、美麗一樣，都能讓男人心生嚮往，要是能一手美女，一手冷豔的極品翡翠，豈不是更能讓男子充滿征服感？所謂的春風得意馬蹄疾，也不過如此了！

當然，前提是那個女人，是你的對象；而那個男人，是你自己。

三個人一道走到三個女人的身邊，似乎是感應到了賈似道三人的心意一樣，那些炙熱地注視著幾個女人的目光一下子就消散了不少，這也讓賈似道的嘴角流露出一絲苦笑。

「小賈，你快來看，這裏有不少紫色翡翠呢。」李詩韻壓根兒就沒有想到這些，眼前赫然間出現的炫目翡翠完全吸引了她的注意力，直到賈似道走到了她身邊，她有些心動地衝著賈似道說了一句。

只是上面所標注的一千兩百萬的價格，實在是讓李詩韻有些望而卻步。

本來，像她的「詩韻珠寶店」這樣的店鋪，一年的流動資金怕也就是幾千萬，自然沒有實力在翡翠公盤上動輒花費上千萬。說起來，這是賈似道第一次參

加翡翠公盤，對於李詩韻來說，又何嘗不是呢？

賈似道打量了下眼前的這些翡翠明料。還真如李詩韻所說的，很是漂亮。這些翡翠明料已經被很規則地切成了一段一段四方的形狀，其顯現出來的色彩，也是有淡有濃，其中不少料子都能夠直接切出手鐲。連翡翠質地也是不乏玻璃種、冰種、豆種……

這讓賈似道皺了皺眉頭。

「劉兄，莫非這揭陽的公盤，真的已強到了如此規模？」賈似道疑惑地問了一句，「這一次性出現了這麼多的紫色翡翠，不管是誰收下來，對於市場上紫色翡翠飾品的價格，恐怕會有一定的影響吧？」

「不會。」劉宇飛笑著說了一句，「如果是你收下了這裏全部的紫色翡翠料子，你會馬上就全部投入到市場上去嗎？將心比心的話，任誰也不會這麼傻吧？每年適當地投入一部分，既有利於增值，又不會觸動市場及其他商家的利益，這才是最合理的。」

「而且，你注意到沒有。」劉宇飛小聲地說道，「這裏的紫色翡翠料子，顏色比較穩定的很少，能夠直接切出翡翠手鐲來的更不多。這也是市場上紫色翡翠多為耳釘、胸針之類飾件的原因。哪怕就是全部投入到市場，也無非是在某個地區，短時間內影響紫色翡翠飾品的價格而已。要是分攤到全國，恐怕一點浪花都不會有。」

說完，劉宇飛還衝著賈似道點了點頭，隨後，也察看起眼前的這些紫色翡翠來。

賈似道認真想著劉宇飛的話，發現還真是那麼回事。紫色翡翠，代表的就是女性的高貴，女人一般都會喜歡這種翡翠，但是從市場價值上來說，除非這種紫色翡翠非常濃郁，否則價值上是比不了綠翡翠的。

也難怪王彪、劉宇飛在看眼前這些翡翠料子時，只是以純欣賞的眼光來看了。

想起在前幾天的那個晚上，眾人還為了能不能切出紅翡、紫翡而打賭，賈似道就知道，儘管紫色翡翠在市場上不是主流，但是對於年輕女性來說，它還是有著致命的誘惑力的。

而賈似道的手裏，目前已經有了一塊紫色的翡翠原石。

再看眼前的這些翡翠料子，在吸引大家目光的同時，所標的價格，也是高得嚇人。賈似道注意到，哪怕就是他不太看好的一塊冰種淡紫色的翡翠，大概只有五公斤不到的樣子，價格卻幾乎和冰種的豔綠翡翠一樣，達到了兩三百萬，想要拿下來的話必須要花費三四百萬了。

實在是有些恐怖啊！

要知道，這些紫色翡翠料子，在明標這邊的秩序，還僅僅是出現在週邊的位置。那麼，最中心的幾塊明料價格，恐怕更為驚人了。

正在賈似道擔心自己的那點資金，恐怕連參與熱門翡翠料子競爭的機會都沒有的時候，忽然，賈似道的視野裏出現了金總和楊總兩個人。看他們的神情似乎並不太好。不過，想想他們兜裏的有限資金，出現這樣的神情也就情有可原了。

「喂，看看那邊，誰來了？」王彪用手碰了碰賈似道的手肘。

「已經看到了。」賈似道無奈地苦笑著，「不過，王大哥，你可是失策啊。原本估計著他們倆不會來翡翠公盤呢。」

「就是來看看的嘛。這樣一來，才顯得更加合理一些。」王彪瞄著眼睛量了金總、楊總一眼，說道：「要不然，連這點胸襟都沒有的話，他們也不配有現在這般身家了。更何況，即便自己不上手，那麼觀察一下揭陽翡翠公盤上出現的翡翠的量以及有哪些熱門的翡翠料子，對於今後一年的計畫也是很有幫助的。」

說著，王彪歎了口氣，看了看賈似道，才說道：「不要說他們了，就是我，口袋裏不也沒有多少錢？但我還是要參加這翡翠公盤。不妨透露一下，我明天的重點，應該還是在『暗標』那邊，希望我的運氣能好點，至少能碰到幾塊好的料子。要不然，就我那點資金，現在都還不如小賈你的手頭寬裕呢！」

「王大哥，不是吧？如果你都沒辦法在這邊玩得動，那我豈不是更沒機會了。」劉宇飛在邊上誇張地說了一句。

「你？」王彪下意識地搖了搖頭，「你這會兒，心裏偷著樂吧。」說完，也不再繼續開口，轉而頗有興致地看起紫色翡翠來。

劉宇飛頓時對賈似道做了個聳肩的動作，隨後，湊到賈似道邊上來，問了一句：「小賈，和我說說，王大哥的資金真的就……」說話間，還用自己的右手拇指和食指輕輕地搓了搓。

「剛才的話，應該不假。」賈似道苦笑著解釋了一句，「王大哥在平洲那邊切石出手套現的事情，應該瞞不過你吧？」見到劉宇飛點了點頭，賈似道才繼續說道：「而且，在此之前，王大哥從我那裏……」

「我說他怎麼會在平洲那邊直接解石出手呢。」劉宇飛恍然大悟，隨即，卻湊到賈似道的邊上，更加小聲地問了一句：「小賈，我只想問一下，他在你那裏，到底收了多少？」他一邊詢問，一邊眼神很快地瞟了王彪一眼。

賈似道也先看了一眼那邊還在注意著自己的王彪，隨後才摸了摸自己的鼻子，考慮了良久，開口問道：「你很想知道？」劉宇飛自然爽快地點了點頭。

賈似道嘿嘿一笑，道：「想知道，我就不告訴你。」說著，自顧自地走到李詩韻的邊上。

只留下劉宇飛一個人，在那邊做咬牙切齒狀。不過，劉宇飛的腦海裏，卻忽然間升騰起一種感覺，似乎現在的賈似道，越來越像一個商人了！

王彪故意的示弱，無非是看出了劉宇飛在先前看貨的時候，有好些料子都和他所喜歡的重合了。現在這麼一說，自然是希望劉宇飛能夠在暗標那邊讓一讓他了。畢竟，能少一個競爭對手，就多一份勝出的希望。

看著那三五成群的商人們，或興致高昂地討論著翡翠明料，或認真仔細地察看翡翠原石，表面上的關係融洽，卻不知道明天的投標一開始，還有多少商人能夠並肩合作呢？

「到明天看情況吧。」賈似道暗自嘀咕了一句。原先那種準備在翡翠公盤上大撈一把的打算，到了現在，卻已經退得無影無蹤。賈似道只能祈禱著，自己一貫的運氣能保持下去。

一行人隨著三個女人，隨意地在通道上走著，不時快走幾步，一旦停下來，三女卻要好好品評一番翡翠明料。尤其是有了紀嫣然這個專業的、李詩韻這個半專業的和劉芳這個業餘的，三個在賭石上屬於不同層次的女人，那說開來的話題，幾乎是可以跑題跑得很遠，忽然就又回到翡翠上。

不過，讓賈似道欣喜的是，或者是職業的原因，李詩韻在談話中，不時會說到翡翠的成品，什麼樣的款式搭配攤子上的翡翠明料，會更容易出手。這倒是教賈似道的心中，開始有一番計較起來。

「咦——」正在走著，目光四處轉悠著的劉宇飛，卻忽然輕訝了一聲：「走，小賈，過去看看。」賈似道順著劉宇飛所走的方向，驀然間就看到楊泉一行人，當然也少不了井上和他身邊的女子。

不過，與劉宇飛一樣，在看到他們一行人所圍觀的那塊翡翠料子的時候，賈似道心頭也泛起了一股疑惑，竟然是一塊藍色翡翠！

待到走近察看的時候，賈似道看到，劉宇飛的眉頭忽然就緊緊地擰在了一起。倒是楊泉幾人，在看到賈似道一行之後，笑呵呵地打著招呼。那情景看在賈似道的眼裏，總感覺到有些幸災樂禍的意思。

可不是嘛，都說計畫趕不上變化。

剛才那會兒，劉宇飛好不容易心裏有底，準備在明標這邊大撈一筆，至少能夠取得一點主動，但是，現在卻突然出現了一塊玻璃種藍色翡翠，在一瞬間，把劉宇飛的計畫給打亂了。

顯然，楊泉一行人也對這塊玻璃種藍翡翠頗為上心。雖然在表面上，雙方表現都挺樂呵，但心裏，包括王彪這個不相關的人在內，卻都感覺到了一種山雨欲來風滿樓的態勢！

「賈先生、劉先生，還有這位王先生，三位可看到了什麼上眼的東西，給我們介紹介紹？雖然早就知道我們一定能在公盤相遇，可是，實在沒有想到，這才第一天，大家就遇到了。」楊泉看著賈似道幾人走近，不禁笑呵呵地打了個招呼。不過，那說話中的語氣，怎麼聽怎麼怪異。

賈似道不禁沒好氣地回了一句：「可不是。」

「哪裏哪裏。」楊泉說著謙虛了一句。他心情很不錯，尤其是在翡翠公盤出現了玻璃種藍翡翠，這也讓他在接下來和劉宇飛的談判中，有了進退自如的倚仗。

井上君微微和賈似道一行人點頭示意了一下之後，便和身邊的女子一起轉身離開了。楊泉本來還準備留下來打趣賈似道、劉宇飛幾句的，只是看著這般光景之後，倒也頗為知趣地跟著井上走了。

但是，劉宇飛並沒有因為楊泉等人的離開而壓力消失，反而更覺得心頭有點添堵！

「還是先看看料子。」看到劉宇飛鬱悶的表情，賈似道開口安慰了一句。

「說得也是。」劉宇飛深深地吸了一口氣，轉而就開始湊近了認真仔細地察看起眼前的翡翠明料來。

因為這邊是明標，所以，眼前大多數都是翡翠明料，即便不是那種完全切割出來的明料，至少也是切開過很大窗口的半賭毛料。這邊的區域擺放明料有所講究，不是把明料放在地上，而是在過道邊，搭起長條的貨架。

貨架有高有低，高的貨架放置比較小型的翡翠明料；低貨架則放置較大型的翡翠料子。在方便的同時，也彰顯著明料區域的與眾不同。

這種營造出來的氛圍也更讓賈似道等人感覺到，這邊明料的競爭，才是整個翡翠公盤的主題！

這邊翡翠料子所標示出來的價格，任何一塊都能讓人瞠目結舌！

「小賈，這個楊泉是怎麼回事？」李詩韻趁著劉宇飛察看翡翠原石的時候，拉了賈似道一把，好奇地問了一句。

「還不是那塊玻璃種藍翡翠引起的。」賈似道聳了聳肩，「劉兄想要尋找墨玉壽星的事情你知道吧？」說著，看到李詩韻點了點頭。

儘管對劉宇飛不是很瞭解，但是在他別墅的時候，李詩韻還是知道了他對墨玉壽星的追求。但是這個和楊泉有什麼關係?李詩韻一頭霧水。

似乎是說到關鍵處了，紀嫣然也好奇地打量了賈似道一眼，連王彪也不例外。

「楊泉想要我的那塊玻璃種藍翡翠，大家知道吧。」賈似道看了看身邊的幾人，臉色不佳的劉宇飛，隨後話題一轉：「但是，他的手頭也同樣擁有劉兄想要的墨玉壽星！」

這麼一來，大家倒是都明白了。

「我認為還是先認真看看，再把這塊料子投下來再說。」王彪琢磨了一下，建議道。

「這個是自然的。」賈似道點了點頭，「不過，楊泉那邊，會眼睜睜地看著這塊玻璃種藍翡翠被我們拿下嗎？」

如果楊泉拿下了這塊藍翡翠，劉宇飛就會非常被動！哪怕楊泉還是願意出手墨玉壽星，勢必也會抬高價格。在交易的時候，誰能佔據主動，誰就能獲取最大的利益。

原本，劉宇飛和楊泉兩個人，雙方的交易你情我願，價格不會出現太大的偏頗。偏偏這公盤出現的玻璃種藍翡翠，一下子打亂了兩個人之間的那種供需應求的平衡。

「唉！」劉宇飛看完翡翠之後，歎了口氣。

賈似道甚至不用去細看這塊翡翠，就能從劉宇飛的表情裏看出來這塊翡翠的成色怎麼樣。畢竟，遠遠一看，就能發現是玻璃種，足以說明這塊翡翠的水頭是上佳之選。至於那淡藍色彩，比起賈似道的那塊，雖然有些差距，卻也足以讓楊泉一行人欣喜若狂了。

賈似道湊近一看，發現標著三百萬的價格，也還算是比較公道。整塊翡翠料子的價值，總的來說比較透明，四面都已經被完全切開。其中三面都是翡翠，一面還是夾雜著少量的石頭的質地。翡翠的藍色呈帶狀共有兩條，兩頭都比較小，中間比較寬厚。但是，就是這些寬厚的部分，卻很好地交錯在一起。於是乎，在這個相交的地方，至少可以切開來，製作成一對完整的藍水手鐲！

「算了，小賈，沒什麼好擔心的，大不了就在這裏拚一回！」劉宇飛似乎想明白了什麼，信誓旦旦地說了一句：「我想，他們千里迢迢地來這邊參加公盤，必然不會僅僅想要一塊玻璃種藍翡翠這麼簡單？」

說話間，劉宇飛倒是一掃剛才的鬱悶神色，整個人重新變得神采奕奕起來。

「沒錯！」王彪讚賞地點了點頭，「只要在明天投標的時候，擺出一副非要拿下這塊藍水翡翠不可的架勢，他們還是有所顧忌的。」

當然，劉宇飛這麼做也是逼不得已。畢竟，他稍微高價一些拿下這塊藍翡翠，至少還能在接下來和楊泉的談判中佔據一些上風。要是被楊泉他們拿走，劉宇飛肯定會陷入一個很尷尬的境地。

「劉兄，我這麼看著，有幾個人似乎不太像是翡翠一行的商人啊。」賈似道注意了一下周邊的人，心裏好奇，小聲地對劉宇飛詢問了一句。

劉宇飛一打量，微微一笑，說道：「這也是我為什麼敢在翡翠公盤和楊泉一行人比拚資金的原因！」隨後面對賈似道的疑惑，他給出了解釋：「你可別小看這些人。隨著近年翡翠市場不斷升溫，不少實業的企業家們也開始紛紛下海，選擇進入了這個行列。當然，他們不太可能會親自參與到賭石一行中。但是，這些大鱷們在翡翠公盤揮金如土，卻已經形成了一種慣例了。」

「你的意思是說，不是翡翠一行的人，也會在公盤大肆收購翡翠？」賈似道心裏駭然。

雖然賈似道早就有所耳聞，翡翠一行，不管是明料還是全賭的毛料，在最近幾年的行情，的確是一年要比一年貴，只要手頭有資金的話，在經濟不景氣的情況下，與其拿錢去參與股票的投資，還不如直接買點翡翠料子更能保值。

當然，直接參與賭石，的確風險太高。沒有人在不懂行的情況下，會貿貿然進入賭石一行。那些有錢人又不是傻子，他們這些大老闆，只要找個稍微懂點翡翠行情的人把把關，就可以知道這些翡翠明料的收益。

只要在投標的時候，價格控制在可以收益的範圍內，哪怕就是稍微吃虧一點，把翡翠料子壓在手裏，壓個三五年的，利潤就非常樂觀！

不需要投入人力去雕琢，也不需要擔驚受怕，只需要在適當的時候，把手裏的翡翠明料出手，就能賺一筆。何樂而不為呢？

「難怪最近幾年的翡翠公盤，翡翠原石的價格日益高漲呢。」賈似道暗自嘀咕了一句。好在，賈似道的目的，和那些真正的大鱷們，還是有著本質的區別的。他們是想要在「明標」部分興風作浪，賈似道僅僅是想著在暗標區域多撒一點網，儘量多撈一點成色還不錯的翡翠原石，然後切開來出售。

基本，雙方是屬於兩條平行線。

而且，從長遠的利益來講，這些大老闆們把翡翠明料放在手裏藏個三五年的，市場的翡翠價格自然會相應有所增長。對於賈似道來說，還算是占了不小的便宜了。這麼一來，賈似道心裏，倒還是有些感謝起這些大老闆們的。

當然，從翡翠一行的發展來說，這些不懂行的投入大量資金，顯然會導致，更多的小商戶沒法混下去。

但是，賈似道有必要想那麼遠嗎？

倒是劉宇飛在看到賈似道的臉流露出來的淡淡笑容時，有些詫異地說了一句：「小賈，你該不是在幸災樂禍？說起來，你現在手頭的資金也不少了。」不說賈似道先前自己所準備的那幾千萬。就是在陽美村贏下來的那幾千萬，大家可都是看在眼裏，記在心裏的。

要是賈似道想要在翡翠明料出手的話，說不定就會被有心人給利用了。

「呵呵，怎麼會呢。」賈似道說道，「我只是琢磨著，那些人的投標和我基本沒什麼相關，我還是準備跟著王大哥的步伐走。」說著，還瞥了一眼暗標區域那邊。

劉宇飛自然明白了賈似道的意圖。

「也好。」劉宇飛點了點頭，「不過，你現在暫時是和那些人沒有任何關係了……」說到這裏，劉宇飛看了看周邊的人，似乎並沒有什麼人特別注意著，才湊到了賈似道的耳邊，小聲說道：「最近市場上紫色翡翠的走俏，歸根結底，還是和那些大老闆相關的。」

「不是吧？」賈似道疑惑道。

「你還別不信。」劉宇飛眉毛一揚說，「綠色的翡翠，你也知道在市場上一直比較走俏。但紫色的翡翠，是近幾年才流行起來的。在這次揭陽的公盤上，一次性就出現了這麼多的紫色翡翠料子，不是沒有原因的。一來是緬甸那邊的大力開發，另一個方面，則是那些人在暗中炒作。」

「你是說，他們先把紫色翡翠料子，大量屯壓著？」賈似道打了一個激靈，說道：「然後把價格給炒上來之後，再出手？」

「對。」劉宇飛情不自禁地打了個響指，說道：「十幾年前，也就是我父親那一代人，在遇到無色翡翠的時候，基本上都是當做廢料給扔掉。即便不扔掉，也沒有什麼利潤可賺。但最近的市場上那些達到玻璃種的無色翡翠，其價格都抵得上一些稍微差點的綠色翡翠了。這是為什麼？」

說到最後，劉宇飛示意了賈似道一個眼神，留給他一點思考的餘地。

賈似道聞言愕然，他哪裏能查到十幾二十年前的資料。看來真是一個時代一個樣，在今天，如果不是市場對玻璃冰種有了新的價值定位，那麼賈似道自己的特殊能力還真沒用武之地了。

想到這裏，賈似道臉上露出了苦笑。看到賈似道的神情，劉宇飛當然感覺有些飄飄然，若論在賭石上的眼光，他還真不如賈似道，但要說對於市場行情的瞭解，就是兩三個賈似道，也完全不是他的對手。

但是說回來，這種感覺不但不破壞兩個人之間的友情，反而更能加深相互之間的合作。

隨後一行人各懷心思地看著通道邊上的翡翠明料。

其中讓賈似道看著分外欣喜的還真不少。其中就有一塊翡翠公盤上最熱門的翡翠料子，玻璃種豔綠，這塊豔綠刨去水頭顏色這些因素，就其個頭形狀和之前賈似道出手給王彪的翡翠對比來說，兩者之間還是有一定的區別。

賈似道出手給王彪那幾段翡翠料子，是屬於長方體的，並且比較狹長，橫截面的大小，只能剛好切出翡翠手鐲來而已。但是，眼前這塊是一個整體，等於賈似道出手給王彪那些翡翠料子全部合起來的樣子。

誰能把它收下來的話，在製作翡翠成品的造型選擇上，應該會更寬鬆一些。

賈似道和王彪對視一眼，都看到了對方眼神中的那份驚訝。隨後，兩個人很有默契地看了看翡翠明料前面的標價：兩千萬。

賈似道的臉上，露出一絲怪異的感覺。不是說眼前這豔綠的玻璃種翡翠不值這價錢。而是這麼頂級的翡翠出現在翡翠公盤上，真正等到塵埃落定的時候，恐怕沒個四五千萬，壓根兒就別想拿到它？

對於王彪來說，不管誰最後能拿到手，他都期待著價格能越高越好。

這樣一來，他手裏的那些玻璃種豔綠翡翠，就能賺得更多。

這塊大熱門的翡翠明料前面，不光有郝董等賈似道所認識的大翡翠商人，還有不少身邊有翡翠行家領著的大腹便便的老闆。看著他們對著眼前翡翠明料指指點點的認真模樣，賈似道心裏猜測，在明天下午的時候，揭陽翡翠公盤勢必會有一場大戰。

第九章

有好翡就無好翠

在賭石中，有著「有好翡就無好翠」這樣的俗語。
意指：只要在一塊翡翠原石中出現了紅翡，
勢必就不會有好的綠翠出現。二者不太可能共存。
畢竟，有了紅色鑲嵌著的綠色翡翠，
在感官上，也會顯得非常邪乎，並且色澤暗淡！

「怎麼，小賈，你不會是也想摻和上一腳吧？」李詩韻眼見賈似道一直盯著那玻璃種豔綠翡翠，不禁詢問了一句。

「呵呵，怎麼會呢？」賈似道摸摸自己的鼻子，微微搖了搖頭說：「姐，你忘記了，我第一次去看你的時候，是為了什麼目的？」

李詩韻聞言，不由眼睛一亮。隨即就嗔笑著，惱了賈似道一句：「就你那回，也是去杭州看老姐我啊？根本就是去做生意的，真是得了便宜還賣乖。」

「嘿嘿，那也是和李姐你做生意啊！」賈似道訕訕一笑道。

劉宇飛看著眼前這塊翡翠明料也不禁有些出神，臉上頗有些無奈了。要說這一行的人在看到好的翡翠料子的時候不動心，那他根本就不適合這一行。

好在劉宇飛很快就回過神來，看了看正打量著他的王彪和賈似道，劉宇飛訕訕一笑。一行人再往前走了幾步，沿途看了不少品質比較好的翡翠明料。

看了看時間，已經到了正午時刻。大家商量後，就出了翡翠公盤，在外邊吃過午飯，隨後到賓館裏稍微休息了一個多小時。

然後，大家再度前往翡翠公盤。烈日當空照，這一次李詩韻幾個女人學乖了，都撐起了陽傘。

「對了，小賈，下午的時間裏，我們就分開行動好了。」剛出示了證件，進入場地之後，王彪就轉過身來，對賈似道幾人說道：「畢竟，大家的目標不太一樣。等看得差不多，要投注了，我們再碰個頭，如何？」

「行。」劉宇飛就一個人，自然答應得很爽快。作為本地人，他在翡翠公盤上所認識的熟客以及掌握的眼線，可不是王彪和賈似道所能比擬的。當然，他的目標主要還是投放在明標區域，一些暗標的全賭毛料和半賭毛料對於劉宇飛來說，實在是可有可無。

「李姐，你們兩個呢？」賈似道衝著王彪點了點頭。劉芳自然是隨著王彪一道了，在劉宇飛第一個離開之後，他倆也緊跟著走了。

「我們兩個自然是在一起啦。」李詩韻先是拉了拉紀嫣然，看到對方並未反對，心裏釋然。但是，兩個人並沒有馬上走開，似乎是在等待什麼一樣。

賈似道有些納悶，眼光情不自禁就在李詩韻的身上，來回打量了一下，直到李詩韻的臉上泛出一抹淡淡紅暈。賈似道忽然豁然開朗，下意識地「呵呵」笑了起來。

「哼。」李詩韻卻輕哼了一聲：「有什麼了不起的，嫣然，我們走，不管他。」說著，賭氣一般，兀自拉著紀嫣然往前走去。

賈似道看著兩個人的背影，哈哈一笑，很識趣地抬腳跟了上去。李詩韻明明想跟著自己一道，卻又不好意思直白說出口，結果弄成這樣的光景，當然，這小兒女的姿態，倒是弄得賈似道心裏癢癢的。

李詩韻和紀嫣然走的方向，是早上劉宇飛說過的放置全賭翡翠原石的地方，很明顯李詩韻是存了好心的，這讓賈似道心裏有些感動。

不同於那邊半賭毛料區域的熱鬧，這邊全賭毛料的通道前，卻鮮少有人走動。

雖然，兩邊都屬於翡翠公盤的「暗標」區域，能前來翡翠公盤的商人們心裏也很清楚，相比起翡翠原石市場的那些全賭原石來說，公盤的原石，哪怕是表現差一點，但終歸還是真的翡翠原石的！而很多其他地方，特別是一些不規範的翡翠原石市場，甚至還有貨主用假的石頭直接冒充翡翠原石來出售！

在新手面前，有些石頭，的確和翡翠原石頗為相近；而在行家面前，用石頭冒充翡翠原石，無疑是貨主在砸自己的招牌。

但是，即便如此，翡翠公盤的全賭毛料，圍觀的人也並不多。畢竟這裏原石的數量，相對於整個翡翠公盤兩三千塊的翡翠原石而言，也只佔據了僅僅一成左右的比例，實在是有些出乎賈似道的預料。

「小賈，你要是有空的話，就幫老姐我挑幾塊價格便宜點、表現又比較好的翡翠原石，怎麼樣？」李詩韻似乎忘記了先前對賈似道的著惱，轉過頭來，對著賈似道小聲詢問了一句：「如果切漲的話，就當是老姐我運氣好。要是垮了，老姐我也不會怪你的。」

這話說得好聽。但是，入了賈似道的耳裏，卻是忍不住一陣心顫！你都這麼說了，我難道還能故意讓你虧本不成？

賈似道不禁沒好氣地白了李詩韻一眼，說道：「李姐，賭石本身就是有風險的。而且，在翡翠公盤的原石，多數還需要考慮市場價格以及琢磨貨主心中的大概價位，出價高了，貨主可能會攔標，出價低了，更是沒機會拿到手了。所以，我也不敢保證我們所看中的，就一定能夠收下來！」

「這價低了，被別人搶走，我還能理解。這出價高了，不是對貨主有利嗎？他怎麼還會攔標？」李詩韻瞪大了眼睛，好奇地注視著賈似道。

「李姐，你珠寶店裏，所出售的都是翡翠成品，自然是希望別人出的價格越高越好了。這樣你就能儘快出手，折換成現金，然後再一次去進貨。」賈似道一邊說，李詩韻一邊點頭。他接著說：「打個比方說，你在心裏給一塊翡翠原石的估價是一百萬。而在這個時候，你把翡翠原石往翡翠公盤一放，要是別人出價只有一百一十萬的話，你自然是大方地直接就出手了。」

「對啊。」李詩韻聽著聽著，似乎是有些明白過來了。

「那麼，要是有人出價兩百萬，甚至三百萬呢？」賈似道嘴角微微一笑，「你還會這麼爽快地當即答應出手嗎？」

「呃……」李詩韻頓時語塞，在心裏琢磨了好一陣子，才苦笑著說：「小賈，你還真是聰明，連這個都能想到。要是有人出價兩三百萬的話，老姐我自然就會懷疑，是不是自己的眼光有問題，低估了這塊翡翠原石的價格。我只能直接擱標了。」

「所以，這翡翠公盤暗標的價格，實在是很難把握。」賈似道歎了口氣。要不是事先劉宇飛和賈似道提過一些規矩和注意事項，以他這樣的新手，恐怕也不會想到，在翡翠公盤的翡翠原石，竟然還有貨主試探自己東西真正價值的意圖存在！

「好，既然如此，那就看你老姐我自己的眼力。」李詩韻先露出了淡淡的失望，隨即卻又信心滿滿地說了一句：「我就不信了，憑你老姐的能力，難道還找不到幾塊好的翡翠原石出來？」

然後，就在賈似道的目瞪口呆中，李詩韻開始從左到右仔細察看每一堆翡翠原石的奮鬥歷程。

「那個，李姐，你這麼看下去，就算看到天黑，也不一定就能選出幾塊好的翡翠原石來。」賈似道不禁很無語。

「沒事，小賈，你要有目標，就自己先去察看。」李詩韻皺了皺鼻子，或許是為了增加信心，說道：「老姐這邊，不是還有嫣然幫忙嘛。」說著，她衝紀嫣然努了努嘴，在觀察翡翠原石的紀嫣然，很默契地回過頭來，對她微微一笑。

「這樣也好。」賈似道點了點頭。不過，就在他準備先大致把這邊的全賭原石全部過一遍的時候，忽然發現，三人現在站著的正前方，就是一堆表現頗為出色的翡翠原石。尤其是李詩韻正在察看著的這一塊，即便賈似道人還站著，卻也能感受到，這塊翡翠原石的形狀和外觀顏色都非常不錯。

「李姐，看來，你的運氣不錯啊。」賈似道心裏一樂，蹲在李詩韻的身邊，認真地察看起翡翠原石來。整塊翡翠原石的個頭一般，大約在三四十公斤的樣子。賈似道看了一眼標牌的資料，上面寫著四十二公斤，價格為三十萬。

相對來說，這樣的全賭翡翠原石，標價都是比較中肯的。要不是有翡翠裸露在表皮，或是表皮表現非常搶眼，蟒帶、松花樣樣俱全，又或乾脆就是切開了小的視窗，露出了質地顏色不錯的翡翠，一般來說，貨主自己的標價，都不太會超過翡翠原石市場貨主們的開價！

「小賈，你也看好這塊翡翠原石？」李詩韻察覺到賈似道的舉動，頗有點得意地看了賈似道一眼。

「那是。也不想想，這翡翠原石，是誰先發現的，那可是我的李姐啊。」賈似道不禁打趣了一句。不過，說完話之後，賈似道卻察覺到，李詩韻原先集中在翡翠原石的注意力，這會兒卻有點飄忽了，連脖子根都開始泛紅。

一琢磨，賈似道拍了一下自己的腦門。恐怕還是他下意識打趣中的「我的李姐」這麼個稱呼，引起了李詩韻的遐想？

賈似道裝著什麼也沒有覺察到似的，開始幫忙察看起翡翠原石來。眼前的這塊翡翠原石，還真挺不錯。賈似道用自己的特殊能力感知了一番後，發現原石內部，應該是屬於豆種質地，有點靠近冰種，在分佈上也比較均勻。而從外表皮的蟒帶以及一小團松花來猜測，裏面的翡翠，錯不了的話應該是綠色，要是賭下來的話，出價五十萬左右，應該比較合適。

唯一讓人比較鬱悶的是，貨主明顯不是個新手。在這塊翡翠原石的邊上，還搭著兩塊小翡翠原石。就外表皮的表現來看，實在是一般般。

也不猶豫，賈似道直接用左手感應了一番。兩塊小的翡翠原石，其中一塊，內部還有著不錯的翡翠，質地竟然也達到了豆種級別，對此，賈似道心裏就是一喜。而另外的一塊，就寒磣了許多。翡翠是有，個頭小不說，質地也比較差。

簡單地和李詩韻交流了一下，最後還是賈似道拍板，由李詩韻出面來投標。至於出價，三塊翡翠原石合起來一共五十八萬好了。要是再高一點，雖然不太會虧本，但是，究竟還能有多少利潤，就不好把握了。

反而是李詩韻自己的臉上，泛著一抹淡淡的光華。似乎眼前這三塊翡翠原石，已經是她的囊中之物一樣。畢竟，眼前這三塊翡翠原石，從名義說起來，是李詩韻自己先找到的，但是，在把關的時候，卻又是賈似道幫的忙，這樣一來，對於李詩韻而言，眼前的翡翠原石自然有著遠超過翡翠原石本身價值的意義。

看到李詩韻微笑著記下眼前這堆翡翠原石的標號，然後笑容滿面地走向紀嫣然那邊，賈似道心裏苦笑。莫不是美麗的女子，在察看翡翠原石的時候，會有一些優待嗎？要不然，為什麼自己察看時，遇到的大多數都是廢料，而李詩韻和紀嫣然，一開始察看時，就有好的翡翠原石出現呢？

「小賈，快過來看，這塊翡翠原石怎麼樣？」李詩韻剛走過去，沒多少時間，就對著賈似道喊了一句。賈似道只能是欣然前往了。不過，沒走幾步呢，卻是看到在這邊全賭毛料的過道，為數不多的幾個商人中，走來了兩位熟悉的身影。

是金總、楊總兩個人！

賈似道當下也沒在意。現在兩個人手頭的資金，對於賈似道而言，沒有絲毫威脅。但是，他們的目標，恐怕和賈似道是一樣的。

對於翡翠明料，他們是沒什麼競爭力了，但是來這邊挑選一下全賭毛料，倒是個不錯的選擇。

「他們兩個怎麼來了？」李詩韻轉頭的瞬間，自然也看到了金總和楊總。

「呵呵，翡翠公盤又不是我們開的，他們當然也能過來！」賈似道對於李詩韻的問題，感到好笑，說道：「即便他們想投標全賭的原石，和我們的關係也不大。反正，翡翠公盤的競爭是少不了的。多他們兩個少他們兩個，我們都輕鬆不了多少。」

兩個人說話的時候沒有注意到，在賈似道蹲在紀嫣然身邊，幫忙一起察看翡翠原石時，楊總臉上一股不悅的神色一閃而逝。

「小賈，原石看得怎麼樣了？」楊總拉著金總跑過來，臉上掛著淡淡的微笑詢問。賈似道反問了一句：「兩位老總忙了一個早上，應該看中了不少目標了吧？」

「呵呵，正如小賈你所說，我們還真看中了不少翡翠原石。奈何我們的資金不充裕啊。」金總在邊上搭了一句，看到賈似道置身於李詩韻和紀嫣然兩位女子之間，他臉上的贅肉下意識地抽動了一下，說道：「不過，我也不怕實話告訴你們，你們現在所察看的翡翠原石，也正在我的目標之內呢。」

「哦，這麼說，金總也看好這塊翡翠原石？」賈似道莫名地笑了一下，「正好，我心裏還有點迷惑，不如，金總就給我們講解一下，如何？不管怎麼說，您也都是行內的前輩了。」說著，還做了一個請的姿勢。

當然，金總想要察看翡翠原石的話，賈似道勢必不會這麼爽快就讓他走過去的，賈似道這一手卡位，可把金總給僵在那裏了。

你不是行家嗎，你不是看過了嗎，那現在就根本不用再看了，直接講解就得了。

金總尷尬地站在賈似道和楊總之間，退也不是，進也不是。

「我們看中的翡翠原石數量比較多，之前只是粗略地看了一遍，心中只記得標號了，具體的原石表現幾乎都忘記了。」楊總無奈地歎了口氣，幫著解釋了一句：「要不然，我們早就直接投注了，也不用等到下午再過來逛逛。」

「是啊，是啊。」金總當即點頭應了一聲，說道：「而且，小賈你也是行家，連你都有些含糊，那我就更需要好好察看一番，以免最終走眼。你要是聽從我的意見，反而會誤導了你的判斷。」

說著，他就輕鬆越過賈似道，來到翡翠原石邊上，也不顧紀嫣然和李詩韻兩個人的怒目而視，開始察看起翡翠原石來。

賈似道一臉愕然。見過厚臉皮的，但是卻從沒有見過這麼無恥的，但是今天他們偏偏見到了。

紀嫣然和李詩韻兩個人，在看到金總蹲下來，察看翡翠原石的時候，也很快就站起身來，收起強光手電筒和放大鏡，下意識就走到了賈似道的身邊。

而就是這麼個無意間的舉動，再次讓楊總的臉上露出了一絲慍色。

「咦！」金總還沒看多久，就詫異地發出一聲感歎。

賈似道對此，卻心裏了然，他嘴角的笑意更加濃郁了。

楊總聞言，快走幾步來到金總身邊，緊跟著蹲下身子來，然後從口袋裏摸出放大鏡，仔細地對翡翠原石看了看，又找準了合適位置，再取出強光手電筒來照了照，不由得眉頭微微一皺。

「想不到啊，幾位竟然賭的是紅翡！」約莫過了一分多鐘的時間，最終楊總還是下意識地搖了搖頭，如此感歎了一句。不過，這麼一句話，倒也讓賈似道的心中更加肯定了，先前，金總和楊總肯定是沒有注意到這塊翡翠原石。無非是看到李詩韻和紀嫣然都在察看，所以故意走過來打岔的。

當然，要是這塊翠原石表現上佳的話，金總和楊總自然也會樂意出手摻和一下投注，甚至花費心思從賈似道三人的手中把這塊翡翠原石給搶過去。畢竟是全賭的翡翠原石，又是單塊的，標牌底價也僅僅是十萬塊錢而已。

這麼一些錢，金總和楊總的口袋裏再怎麼拮据，還是能拿出來的。

不過，因為出現的有可能是紅色翡翠，所以還是讓金總和楊總的心裏好一陣猶豫。

雖然，在之前的那晚一行人就湊熱鬧地在一起賭過好幾塊有可能出現紅色翡翠的原石，但是真正出現好紅色翡翠的，卻是寥寥無幾，幾乎可以說是全軍覆沒。

這倒並不是說，紅色翡翠就很稀少！一般而言，說到翡翠，大家的腦海裏，出現最多的肯定就是綠色翡翠了。這也說明了綠色的翡翠受到眾人的鍾愛的同時，也表明了綠色的翡翠才是翡翠一行的主流。

但是，翡翠一詞是包含兩層意思的，其中，翠指的就是綠色的翡翠，而翡卻指的是紅色翡翠。只不過，極品紅色翡翠很少罷了。

在賭石一行中，有著「有好翡就無好翠」這樣的俗語。說的就是，只要在一塊翡翠原石中出現了紅翡，勢必就不會有好的綠翠出現。二者不太可能共存。畢竟，有了紅色鑲嵌著的綠色翡翠，在感官上，也會顯得非常邪乎，並且色澤暗淡！

如果一塊切出紅色翡翠的原石，還想著去切出極品綠色翡翠的話，肯定會輸。當然，出現多彩的，以其他顏色翡翠間隔在紅翡和綠翠之間，就要另說了。

而眼前這塊翡翠原石，表皮的顏色為黃褐色，屬於沙皮，顆粒比較細膩。這樣的翡翠原石，要是內部含有翡翠的話，在質地上，勢必會表現出色一些。至於是不是玻璃種這樣的級別，卻還需要通過強光手電筒、放大鏡之類的工具，輔助察看其他細小的特徵，才能做個大致的判斷。

只是這樣的判斷，並不具備確定性，看的就是個人的經驗以及眼力了。

賈似道在先前用放大鏡之類的工具察看過，愣是沒有看出什麼特點來。

不過有一點可以確定，這塊翡翠原石，能切出一定數量的紅色翡翠來。因為，就在整塊翡翠原石最正面的地方出現了紅色的霧，還有向內蔓延的趨勢。這可是出現紅翡的特點！至於紅色的鮮亮程度，卻如同翡翠質地一樣，很難判斷。

好在賈似道可以用特殊能力感知去探測一番，在質地上他倒是心裏有數。

但是，即便如此，大凡在翡翠市場賭紅翡的，如果不是重量特別重的話，基本開價不會超過十萬。而現在，在翡翠公盤的這塊全賭翡翠原石，開出來的價格，直接就是十萬。它的重量，也就是二十來公斤，幾乎可以比擬表現不錯的綠翡翠原石了。

出現這個價格，其中的一個可能，就是這塊翡翠原石的表皮表現非常好，十分搶眼。另外一個可能，自然就是貨主故意拿這塊翡翠原石來騙剛入行的新手。

而以金總、楊總的經驗，不會看不出這些背後的因素，恐怕這時，在兩個人的心中就覺得，這塊翡翠原石，就是用來忽悠紀嫣然、李詩韻這樣的女性商人的。

誰讓女子偏愛紅翡呢？

再看此時的紀嫣然和李詩韻，即便站到賈似道的身邊，與這塊翡翠原石之間，還隔著金總、楊總兩個人，但是，臉上的神色依然是對這塊翡翠原石抱著較大的希望。

想到兩個人對紅翡的偏愛，賈似道的心中也開始計較起來。

「呵呵，金總，楊總，你們兩位對這塊翡翠原石怎麼看啊？」賈似道笑呵呵地問了一句。

賈似道說話中的語氣，在金總和楊總兩個人看來，實在是有點揶揄的成分。不說雙方的那種敵對關係，就衝著眼前這塊翡翠原石，恐怕金楊二位老總也不會花心思去賭上一把的。

「呵呵，看來，小賈你對這塊紅翡比較感興趣啊！」楊總訕訕地笑了一下，說道：「要是塊綠翡翠原石的話，我們倆還是能給出一些中肯意見的。不過，說實話，這紅翡在市場上並不走俏。我看，我和金總就不摻和了。」說著，還拉了邊上的金總一把！

金總自然是馬上就能明白楊總的意思，轉而一臉笑意地對賈似道說：「是啊，是啊，小賈。我們兩個就不在這裏和你們摻和了。這塊紅翡就留下給你們來投標好了。而且，以我的觀察，紀小姐和李小姐，恐怕對這塊翡翠原石也是情有獨鍾……」

後面的話，金總並沒有很直白地說出來。不過，賈似道倒是明白了。敢情在不看好這塊翡翠原石的情況下，金總居然在最後的話中，還不忘記挑撥賈似道三人之間的關係。

這讓賈似道的嘴角，不由微微流露出了一絲苦笑。

誰讓賈似道三人，從表面上來看，還真的是屬於三個不同的陣營呢？

賈似道自己是經營翡翠毛料生意的。而李詩韻是開珠寶公司的，進行翡翠成品的銷售，兩者之間要是沒有親密關係的話，恐怕在翡翠一行而言，還是頗有點競爭關係的。

至少賈似道獲取翡翠原石之後，要是切漲了，再轉手給李詩韻，從利潤方面來說，還不如李詩韻自己親自在翡翠公盤上就把翡翠原石給購回去。

至於紀嫣然，賈似道推測，以紀嫣然在賭石上的一定眼光，說不定其背後就有不少翡翠料子的客戶，或者就是專門為一些大老闆來看貨的。

畢竟，紀嫣然的身分只是一個二流大學裏的講師，但是，紀嫣然所居住的別墅以及平時的穿戴，都讓賈似道內心裏的猜測，更加傾向於後者。

看著金總和楊總兩個人的離開，賈似道尋思著，自己在投標的時候，是否事先和紀嫣然通一聲氣。

隨後，三人一起，在全賭毛料這邊繼續察看著一塊又一塊的翡翠原石。

有三五成堆的，也有不少單塊的翡翠原石，開出來的標價，那叫一個離譜，不用想就能知道，壓根兒就是貨主拿過來試探一下市場行情的。

尤其讓賈似道皺眉頭的是，翡翠原石的數量是不少，但是在品質上，就如同劉宇飛先前警告的那般，的確沒有什麼好料子。哪怕是眼前這百來塊全賭的翡翠原石，都是貨真價實從翡翠原石礦場給挖出來的，但是能切出豆種、冰種的，卻為數不多，更不要去談什麼玻璃種的質地了。

賈似道訕訕地看了看自己的左手。在很大程度上，賈似道的特殊能力感知，都僅僅是對眼前這些原石一觸即停！

期間，李詩韻又看中了不少的翡翠原石。以她的眼光而言，大凡覺得還頗具賭性的，她基本上都會去留心一下。而且，因為看中的翡翠原石數量還不少，也沒有全部都讓賈似道來把關。

李詩韻自己所需求的翡翠料子，不管是中高檔的，還是中低檔的，基本上都有出路。只要不是出現那種狗屎地的廢料，銷售上都不成問題。

而紀嫣然顯然就傾向於中高檔甚至極品的翡翠原石了。

因此李詩韻笑嘻嘻地對紀嫣然建議了一句：「嫣然，如果你真的想找極品翡翠料子的話，還是應該去那邊看看。」

李詩韻建議的地方，自然是明標區域了。

紀嫣然也不回答，只是沒好氣地白了李詩韻一眼！

說到底，那邊的翡翠料子，極品是極品，但是價格同樣高昂，否則誰會願意在這裏尋找機會渺茫的翡翠原石來賭呢？

不過，聽聞李詩韻的話，賈似道的心頭卻是一動。與其在這邊的全賭毛科浪費時間，真不如去翡翠明料那裏搏一把。

如果說豔綠翡翠對於賈似道沒有什麼吸引力的話，但是一旦明料這邊出現稀有品種，諸如紫色乃至那塊玻璃種藍翡翠，要是有機會的話，賈似道可是非常願意去把它們給競標下來的。

這樣不但可以幫助劉宇飛不說，還能給楊泉一點顏色看看，也算是不枉來了一次翡翠公盤。

三人默不作聲地把這邊全賭的翡翠原石給全部察看一遍之後，再抬頭一看，發現天色已經不早了，李詩韻和紀嫣然兩個人的傘，到了這個時候早就已經收了起來。

這個時候，全賭毛料這邊的人忽然多了起來，用李詩韻的話來說，那就是既然半賭毛料那邊已經塵埃落定，那麼，剩餘的一些沒機會出手明標的商人，自然會想著在全賭毛料區域碰碰運氣。

「對了，小賈。」李詩韻忽然提議道，「我們是不是也換個地方，去王大哥那邊看看？」

「也好，總不能全部都下全賭毛料的單子吧？」賈似道說著，看了看紀嫣然，見到對方也微微點了點頭，眼神在這邊全賭毛料的區域很快地掃視了一下。賈似道琢磨著，紀嫣然應該也看中了不少的翡翠原石，就是不知道會不會和自己所看中的重合了。

三人各有所思，一起走到王彪這邊。

第十章

變故

不管計畫多麼周詳，資金上又是如何周密，
在翡翠公盤上，依然會出現很多變故！
不說貨主的攔標，就是其他翡翠商人，
又怎麼可能會在這時候，小心翼翼地出手，
然後看著王彪一個人有機會全部中標呢？

「小賈，怎麼樣？」看到賈似道到來，王彪的臉上露出笑意。

「一般般吧。」賈似道嘀咕了一句，「對了，王大哥，我們自己幾個人，是不是在投標之前先商量一下？可別把各自的重點目標給重疊了。不然變成我們自己人打自己人，可就要被人笑話了。」

「呵呵，小賈，你也想到這一點了。」王彪贊了賈似道一個眼神，說道：「我先前所說的，在投標時大家聚聚，就是這麼個意思。怎麼樣？大家沒什麼意見吧？」說最後一句話的時候，王彪很自然地就看向了李詩韻和紀嫣然。

尤其是紀嫣然，直到後者很認真地點了點頭，王彪臉上的笑意，才更濃郁了一些。

至於李詩韻，在王彪看來，即便不用大家交流，恐怕她的那幾份目標也會過目一下。

「那就等小劉過來，我們一起商議一下。」王彪最後拍板道，「現在，幾位有興趣再看看這邊的翡翠料子不？」

「那是自然，早上看到的一些料子，到了這時就差不多給忘了。尤其是標號，還要趁現在這個時間再去確認一下。」看到紀嫣然和李詩韻都有些意動的神色，賈似道直接說出了兩個人的心聲：「王大哥，不如，你也一道去？」

「還是不了，我就在這邊等著吧。」王彪說著，還看了看明標三十九號區域那邊的劉宇飛，見到他也正往這邊走過來：「小劉也快要過來了。你們三位還是儘快逛一圈吧。」

「也好。」賈似道自然不會客氣。以王彪的老練，整個下午時間，又是都在這邊半賭毛料區域察看，對於自己中意的翡翠原石標號，早就熟記在心，也不差這最後的一點時間。倒是賈似道三人，在一邊快速察看的時候，遇到了不少人正紛紛用手頭的筆和紙記著什麼。

賈似道忽然看了看李詩韻，問道：「李姐，你們難道不需要記一下嗎？」

「你老姐我比較窮，這邊的料子也就是湊個熱鬧而已，不報什麼希望的。」李詩韻說得倒是實在，「而且，要不是前晚贏了一把，那邊的全賭毛料，你老姐我估計都下不了多少單子。」說著，還一臉輕鬆的表情。

賈似道暗贊李詩韻心態不錯，隨後他湊到李詩韻耳邊，小聲問了一句：「李姐，那你贏了多少錢？」

「幹嘛？」李詩韻白了賈似道一眼，然後看了看兩個人邊上正在察看翡翠原石的紀嫣然，會心一笑道：「你老姐可不比有些人的眼光，這個數……」說著，比劃了一個四的數字。

「你押注了四十萬？」賈似道心裏愣然。

「那就是說，嫣然她押注了六十萬？」

「是啊。」李詩韻點了點頭，「所以我才說，你老姐我不但賭石的眼光不如人家，連看人的眼光，也還比不上人家呢。」

而賈似道此時看著前面蹲下身子察看翡翠原石的紀嫣然，心裏感觸可就有點五味雜陳了。很難想像，在地下賭場的時候，紀嫣然押注在自己身上的金額會比李詩韻還要多。

「果然是人不可貌相啊！」賈似道感歎一句。

倒不是說，因為紀嫣然的押注，他就會覺得紀嫣然對他有什麼想法。只是，紀嫣然一直都是一副波瀾不驚的樣子，突然在一塊眾人都不看好的翡翠原石上，下注六十萬，這實在是有點匪夷所思。

難道她看出了自己的特殊能力？

賈似道心裏猛的一緊！隨即仔細琢磨了一下，表情又放鬆了下來。

「小賈，你怎麼了？」李詩韻看著賈似道臉上的表情不斷變化著，似乎是想到了什麼一樣，臉色一黯，小聲地問了一句：「你是不是覺得，你老姐我，在那種時候，表現得不夠支持你……」

「哪能啊。」賈似道回過神來，馬上接了一句，臉上不禁有些苦笑，說道：「在那種時候，李姐你能押注四十萬，已經很厲害了。說實話，當時就連我自己都對那塊翡翠原石沒什麼信心。」

「其實……」李詩韻忽然有些臉紅，「說實話，我也不太看好你那塊翡翠原石。要不是嫣然她準備和我一起下注的話，我估計當時就只會投注個二十萬左右，然後給自己留下二十萬，在翡翠公盤上賭一塊翡翠原石回去，碰碰運氣。」

「李姐，你不是就只帶了四十萬的現金吧？」賈似道忽然覺得，李詩韻剛才所說的那些話，一下子變得格外動聽起來。就憑她能把自己全部的流動資金都投注在賈似道的身上，就足以說明一切了。

反倒是紀嫣然的舉動，讓賈似道有些捉摸不定！

「走吧，李姐，即便資金不足，要是有看好的翡翠原石，儘管出手，還有我在呢！」說著，賈似道握住李詩韻的手，盯著李詩韻的臉龐，半晌兩個人都沒有說話，一股幸福的氣息在蘊釀著……

待到賈似道三人重新走回到王彪所站立的地方時，劉宇飛已經和王彪商量了許久。似乎在談話間，還有一些小小的爭執。賈似道湊近了一聽，發現問題還是出在翡翠原石的投標上。

「怎麼，這才是你們兩個人看好一百八十九號翡翠料子，要是再加上我們三個，那豈不是還沒有開盤，我們五個人，就要先打一場啊？」賈似道打趣道。

「小賈，你不知道。王大哥雖然準備把全部資金都投入到這邊的半賭翡翠原石中，但是，即便這樣，總歸還是有一些標號是不可能投中的吧？」劉宇飛說道。

賈似道聞言，自然是點頭。

不管你計畫得多麼周詳，在資金的計算上又是如何周密，在翡翠公盤上，依然會出現很多變故！不說貨主的攔標，就是其他一些翡翠商人，又怎麼可能會在這個時候，小心翼翼地出手，然後看著王彪一個人有機會全部中標呢？

尤其是暗標部分，誰也不能保證，你投標出去三十份，就能中三十份。按照一般的情況，要是你的眼力以及對於市場上翡翠原石的價格推斷比較到位，三十份的投標，要是能中上個十來份，恐怕就要感天謝地了。至於三十份標全部投中，那種機率，比你花上十萬塊錢，賭一塊翡翠原石，然後切漲了贏得上千萬的機率，還要低很多很多！

「所以，這麼一來，王大哥最後肯定還能餘下不少資金，用來參與那邊的明標吧？」劉宇飛再次詢問了一句。

賈似道自然是繼續點頭了。

「可是，即便這樣，你的重點也應該是在那邊的翡翠明料。這邊的半賭翡翠料子，自然是應該讓我一下了。」王彪這時，可不會看著劉宇飛把所有的言論都往他自身有利的方向引導，很適宜地插口說了一句：「這一百八十九號的標，可是我看中的重點標號。如果你在這個地方和我爭的話，勢必會給我造成很大的壓力，尤其是在面對其他標號投注的時候……」

「王大哥，先等等。」賈似道聽兩個人這麼一說，有些無奈，嘴上卻絲毫沒有示弱：「一百八十九號標的翡翠原石，我也是看中了的。」

「不是吧？」王彪和劉宇飛兩個人，幾乎異口同聲地說了一句。

「其實，像一百八十九號標這樣的翡翠原石，大部分的翡翠商人，都會看中的。」這個時候，一直不怎麼說話的紀嫣然，倒是站出來，說了一句：「我們現在在這邊爭來爭去，也不是個辦法。不如這樣，大家敞開心中的想法來說說，各自都準備以什麼樣的價格出手。然後，看看誰的心理價位最高。」

「也好。」王彪最先贊同了紀嫣然的說法。

不管你是不是看中了，又或者是不是喜歡，要是沒有資金作保障的話，即便你心裏非常想要，也沒有絲毫機會。不說王彪，就是劉宇飛、賈似道兩個人的財力，就不一定會比王彪少。而且，聽紀嫣然的口氣，她應該也看中了第一百八十九號標。至於其他不認識的商人，就更不知道有多少了。

與其還沒開始投標就自亂陣腳，還不如大家敞開了說說心裏的想法。要是差距比較大的話，可以轉移一下自己的目標。

賈似道在出價格之前，下意識地看了一眼一百八十九號翡翠原石。正是幾人先前所看到過的七塊翡翠原石的那一堆。中間一塊比較重的有五十多公斤重，邊上搭配了六塊小的翡翠原石。

說白了，對於其他的幾塊，乃至其中最大的那塊五十多公斤重的翡翠原石，賈似道的興趣都不是很大。

主要的，還是其中那半塊瀝青表皮的翡翠原石，切開來之後，較大的半塊中出現的白棉質地裏的少數翡翠，竟然可以延緩賈似道特殊能力感知的探測，那種感覺，要是不能研究個明白的話，賈似道心裏自然會有少許的失望！

賈似道、劉宇飛、王彪、紀嫣然四人，各自站好，圍成了一圈，然後把手背到了身後，一旦有人喊開始，大家就把手伸出來，做好自己要出價多少的手勢，到時候，誰的價錢高，自然是誰有權去投標這個一百八十九號標了。

至於沒有按照順序來說出來，也是預防先說的人吃虧，或者心生不滿。要知道，這可是價值成百上千萬的翡翠原石，又是在不知道切垮還是切漲的情況下，一切還是按照規矩來比較合適。

「一，二，三！」李詩韻站在邊上，喊了三個數！

與此同時，賈似道四人，都把自己背在身後的手給伸了出來。待到看清楚各自的出價之後，賈似道的嘴角微微一笑。王彪三人卻是微微一愣！

「小賈，你就這麼看好這堆翡翠原石？」王彪搶先詢問了一句。很顯然，賈似道的出價是最高的，儘管在一會兒填單子的時候，他們勢必還會填上一個心理價位上的數字，但是卻斷然不會超過賈似道現在所出的這個價格。

「就是，小賈，你出這麼高的價格，可是存心不讓我們這些人在這一行混下去啊。」劉宇飛在邊上，更是搖頭歎氣，揶揄了一句。

賈似道只能訕訕地笑笑，也沒什麼好解釋的。出價高，不就是看中了這堆翡翠原石嗎？還有什麼好解釋的？不過，看著王彪以及劉宇飛的表情，賈似道心裏也開始嘀咕起來，自己該不會是出價太高了吧？

那堆翡翠原石的標價，賈似道腦海裏還記得清清楚楚：七塊翡翠原石，七百萬！

而在剛才幾人出價的時候，紀嫣然只出到了一千萬。以她的資金而言，即便是在雲南贏了劉宇飛八百萬，然後再在前晚賭場那邊，依靠在賈似道身上的押注贏了三百萬，再加上她自己擁有的一些資金，一千萬的價格，差不多已經是到了她的極限了。

畢竟，在平洲的時候，紀嫣然和楊總、金總兩個人聯合起來收下的一塊上千萬的翡翠原石，是切垮了的。

所以，在看到大家各自出手的價格之後，紀嫣然的臉上也沒有多少失望的神色。

劉宇飛和王彪兩個人，倒是頗有些默契，各自出手示意了一個一千三百萬的價格。如此看來，王彪應該也是真的看中了這七塊翡翠原石，就是不知道王彪到底是看中了七塊翡翠原石中的哪一塊。

當然，賈似道私下推測，還是認為王彪看中了五十多公斤的那塊翡翠原石。要不然，像賈似道這般，從小塊的翡翠原石入手，賭上過千萬的價格，實在是有點劍走偏鋒了！

反倒是劉宇飛的出手，讓賈似道琢磨著，有點橫插一腳，湊湊熱鬧的感覺。而賈似道自己，則是很爽快地直接比劃了一個十五的數字！

這麼一來，這個價格已經超過貨主標價價位的一倍，還要多出一百萬。如果是明標的話，賈似道甚至還能再往上飆高一些。無奈，這是暗標，貨主最終還有著攔標的權力，賈似道可不敢放開了毫無顧忌地往上加價！

但是，拿下這一百八十九號翡翠原石的決心，卻在此時此刻顯露無遺！

一行人一陣寒暄、討論，看看時間差不多了，就從主辦方那邊拿來了許多單子，各自填起來。因為先前對於有爭議、熱門的翡翠原石，都討論過了，也就不存在自相殘殺的可能了。至於其他的一些不太重要標號上的翡翠原石，大家倒是沒有必要先討論，到時候就看各自的運氣好了。

或許是在一百八十九號翡翠原石上輸了，劉宇飛對於這邊半賭區域的翡翠原石，有點興趣缺缺的樣子，只是匆匆地填了三五張單子，就收手了。而李詩韻卻恰恰相反，因為一百八十九號翡翠原石對於她來說，完全就是奢望！於是，李詩韻的單子填得應該說，是一行人當中最多的了。

賈似道拿起幾張看了看，也只是苦笑了一下。單子是下得挺多的，但是價格都不高。每張單子基本上都是十來萬、二十來萬的樣子。這麼一來，下了二十來個單子，也就是兩三百萬的總價而已。

而按照合理的機率來推算，這些單子裏能中標的，恐怕還過不了百萬的價格，甚至都比不上李詩韻在賭場上贏的。也難怪，李詩韻意猶未盡，大有橫掃千軍，再填它個三十張單子的意思！

看得眾人，也是心裏一樂！

到了晚上，整個陽美村，顯得格外靜謐。

在翡翠公盤開盤的日子裏，那些時常在夜晚出沒察看翡翠原石的商人、線人、貨主，在此刻都開始蟄伏起來，讓整個陽美的夜色，竟然在一種朦朧的美麗中，多了一絲蠢蠢欲動！

賈似道一行人，吃晚飯的時候，在酒店的大廳裏，看到了不少熟人。其中就有金總、楊總以及郝董。而在郝董的身邊，也有著更多的翡翠商人。雙方見面，還有意無意地試探一下，各自在翡翠公盤上的表現。

不過，在看到楊泉一行人到來的時候，郝董倒頗有些意外地看了看楊泉、井上，隨後再看了看劉宇飛，臉上的笑容在這一刻，顯得格外曖昧！

為此，賈似道暗自琢磨著，該不是郝董也看中了公盤上那塊玻璃種的藍翡翠吧？

如此一來的話，明天翡翠明料爭奪戰，無疑會變得更加熱鬧和激烈了！

好在這一切，和賈似道的關係都不太大。今天的投標，讓賈似道深刻意識到，以他的資金力量，想要在翡翠公盤上有什麼太大作為，實在是難於登天。他的希望都放在了暗標這邊，而明標區域，無非也就是爭一兩塊翡翠明料而已。

賈似道原先的計畫，是想要把一些稀少的翡翠明料，諸如藍色玻璃種翡翠、紫色玻璃種翡翠這樣的料子收進來，然後滿足自己收藏的願望，只是現實是殘酷的。

就在吃飯的這麼一會兒時間裏，就有不下兩位數的翡翠商人，前來和王彪搭訕。目的，也僅僅是想要從王彪的口中套幾句話，想要看看王彪明天是不是有意參與到明標那邊的競爭而已。

因為心裏已經決定了，所以王彪在答話時，倒謙虛得很，嘴上說著諸如「明天就看大家的表現了」之類的話，但是，看眾人的態度，卻分明還有著一絲不太確定。好在，能獲得王彪這般的大商人的一句「不參與」的話，也算是個不小的收穫了。那些同級別的商人們，乃至專門為大老闆看貨的行家們，自然是紛紛會意一笑，隨即轉身去尋找更多行家們的口頭承諾了。

「怎麼樣？明天的競爭，可是會非常激烈，小劉你可要做好準備啊。」王彪這話壓根兒就沒有和賈似道說，直接告誡了劉宇飛一聲。

「唉。」劉宇飛卻是歎了口氣：「很懸啊！」隨後就站了起來，對著賈似道幾人說道：「王大哥，小賈，你們就在這邊休息一個晚上，我心裏總覺得不是很踏實，我準備回家去看看。」

「也好。」王彪的眼神不由得一亮，點了點頭。

而看到劉宇飛的離開，賈似道心頭不禁浮起一絲疑惑，問道：「王大哥，你說劉兄不會是回去搬救兵了吧？」

「搬救兵倒不會。他老子既然能讓他一個人來參加翡翠公盤，自然是存著想要鍛煉小劉的意思。所以，即便這次的翡翠公盤小劉一無所獲，他老爸那一輩的人，也是不太可能會來的。」王彪考慮了一下，「不過，給點意見或者是增加資金，就很有可能了。對了，小賈，你在明標那邊，沒有什麼特別想要的料子吧？」

「您覺得，我像是能要起的人嗎？」賈似道頓時無語。

「呵呵，要不是特別好的東西，你壓根兒就看不上。特別好的，你又沒有寬裕的資金。這倒是有點不上不下的。」王彪笑呵呵地說了一句。不過，心裏倒是還頗有些羨慕賈似道家中的收藏，不由得說道：「我要是有你那些收藏，還賭什麼明標啊，可能連翡翠公盤都不會來了，直接在家裏偷著樂好了。」

「賭石一行，少了王大哥你這麼個大商人，豈不是少了很多樂趣？」李詩韻在邊上插口說了一句，「對了，小賈，你難道就沒有把手裏的翡翠明料出手給王大哥的打算？」

「哪能啊？」賈似道還沒說話，王彪卻一拍自己的腦門，說道：「小賈都已經和我交易過了。不然，我怎麼會知道小賈的手頭還有好東西呢？」

「王大哥，您就別寒磣我了，就我那點東西，哪能入您的法眼啊？而且，我也只是一個賭石行的新人而已，又能有多少好東西？」賈似道在說話間，注意到，一直不動聲色的紀嫣然，在聽到他們對話時，竟然還多看了自己幾眼。這讓賈似道心裏多少有些心虛。

說實話，若沒有特殊能力感知的幫助，賈似道自己還會有今天嗎？在隨後的時間裏，王彪很主動地邀請賈似道，有機會和他一起去緬甸的翡翠公盤看看。那邊的翡翠公盤，才叫真正的揮金如土。

或許對於明天明標區域的競爭，王彪已經做好徹底退出的打算了。所以這時說的話，更多的是在展望未來！

就好比劉宇飛的家族一樣，他們的根基，貨源的主體，終歸還是在緬甸市場！要不是王彪最近一段時間手頭流動資金比較緊的話，也不至於在揭陽翡翠公盤上縮手縮腳了。

看著王彪那侃侃而談的模樣，劉芳目光中泛出一陣陣漣漪。

倒是李詩韻和紀嫣然兩個女人，有意無意地瞥上賈似道一眼。賈似道本人卻顯得有些興致缺缺！看看時間差不多了，眾人也就回到各自房間休息去了。明天開盤的時候，一定十分刺激，要是沒精神，又何來信心在翡翠公盤上競爭一把呢？

賈似道躺在床上，久久不能入睡！他的心已經飛到了明天的翡翠開盤上，顯得格外亢奮！

「小賈，你睡了嗎？」手機一陣震動，賈似道打開一看，竟然是李詩韻來的簡訊！心裏一暖，嘴角微微流露出一絲微笑，回去一個「已經睡了」的表情！

倆人之間，似乎又回到了在廣州住酒店時，那份美妙的觸動中。

第二天天色剛亮，大家不約而同的就早早起來，隨意吃過一些東西，然後，一起去了翡翠公盤那邊！

這個時候，無論是王彪這樣的大翡翠行家，或者是賈似道這樣的新人，甚至劉芳這樣看熱鬧的人，都抱著一樣的心態，那就是想早點看到投標的結果。

而參與到投標裏的人，恐怕都恨不得把翡翠原石給早早拿到手，趕緊切開來看看自己賭漲了沒有。

開標地點，就是原先察看翡翠原石的地點。

賈似道一行人趕到的時候，場地上已經聚集了不少人。他打個電話給劉宇飛，對方說正在趕過來的路上，賈似道也不再催促。現在距離開標的時間還早。

五個人不時在翡翠公盤的場地上逛著，時而聽一聽周邊一些行內人的談話，偶爾，賈似道和王彪也會湊上前去，一起探討幾句。反正大家閑著也是閑著，都是敞開了隨便說，各個地方翡翠行業的咨訊，也就在這樣的交談間，得到了很好的瞭解。

這些消息，對於李詩韻、王彪這樣從事實業珠寶店的翡翠商人而言，消息的價值還是頗為可觀的。

在這個間隙裏，劉宇飛也趕了過來。幾人相聚，又是一番寒暄。不過，賈似道注意到，劉宇飛的神情相比起昨晚來，倒是多了幾分信心！看來，劉家對於劉宇飛的支持，還真的不遺餘力啊！

賈似道不由得拍了拍劉宇飛的肩膀，一切盡在不言中！

「王大哥，怎麼還不開標？」李詩韻看了看時間，也不早了。要知道李詩韻昨天下了不少的單子，此刻在等待中，難免就有點揪心了。這種等待，反而要比察看翡翠原石，來得更加消耗心神！

「呵呵，快了。」王彪一樂，「小李，你是第一次參加翡翠公盤吧？這麼點耐心可不行。小賈不也是第一次參加嘛。你看看人家，就一點都不著急……」到了這個時候，王彪也還不忘打趣李詩韻一句。

自然是惹來李詩韻一個沒好氣的白眼了。

「等他們把資料統計完了，才會開標。」劉宇飛作為東道主，當即就解釋了一句。

「對了，劉兄，早上所開的，應該都是暗標吧？」賈似道詢問了一句。

「對，都是暗標。每份的毛料，他們都只是報一個最高價格而已。買主的名字，是不會公佈的。」劉宇飛笑著說，「所以，即便有人中了全場所有的標，也不會引起大家的注意。」

看劉宇飛說得有趣，眾人倒是「呵呵」一笑。

「不過，這樣一來，安全問題是解決了。但我們也分不清楚，到底是貨主在攔標，或者是真的都被拍了出去。只能通過大致的估判，來估計這每一份毛料的真實價值是否和所報出來的價格相符，才能最終確定是不是真正有買家在出價！」劉宇飛說著，還歎了口氣，看了看賈似道等人，接著道：「要知道，現在的賣家是越來越精明了。很多人都是拿自己的翡翠原石，到翡翠公盤上來試探一下價格而已。」

「劉兄，這樣攔標的情況，很多嗎？」賈似道追問了一句。要是很多的話，還真的不太有利於買家。

「多啊！怎麼不多。」劉宇飛無奈地說了一句，這也是劉宇飛不想在暗標這邊有過大動作的原因：「早幾年，公盤上的翡翠料子，可沒有現在這麼高的價格。大家出價的時候，也僅僅是比貨主開出來的底價稍微高上那麼一些，就能收到手了。現在倒好，你們應該也有所準備了吧？很多的料子，即便你出到底價的兩倍，恐怕都很難收到手了。」

「其實，這也是近幾年的翡翠價格一路上漲所造成的吧？」王彪在邊上很中肯地評價了一句。翡翠成品價格不斷上揚，勢必會導致翡翠原料價格一路暴漲。

無論是哪一行，都這樣！

「不過，小劉，聽你這麼一說，我倒是覺得，其實對於你這樣的家底而言，還是很有利的。」似乎想到了什麼，王彪不禁對著劉宇飛打趣了一句。

看到賈似道以及李詩韻等人那好奇的目光，劉宇飛也不尷尬，相反還頗有些得意，很自信地說了一句：「那是。有底蘊的家族和公司，誰的手裏沒點存貨啊？」

賈似道頓時就明白過來了。

恐怕，現在劉宇飛雖然嘴上說著，翡翠原石市場上的價格越來越高，賭石一行不太好混了等等之類的話。但是，在內心裏，恐怕正巴不得這樣呢。畢竟，要說劉家在經營了翡翠一行這麼多年之後，沒點存貨的話，任誰也不會相信的。

再看此時劉宇飛的神色，賈似道不禁有些苦笑，要是自己能早些年就進入這一行，豈不是能賺取更多的錢？

當然，早些年，賈似道壓根兒就不懂賭石，也沒有特殊能力感知的幫助。即便開始賭石，也是輸多贏少。

而想到特殊能力感知，賈似道的嘴角，這才微微有些上揚！

沒過多久，場地上安放的音響裏，開始斷斷續續地傳出輕鬆的音樂。劉宇飛不禁看了看等得有些不耐煩的李詩韻，說了句：「準備好，馬上就要開始了。」

眾人聞言，不由得精神大振！

賈似道注意了一下周邊的人，大家如同商量好了一般，原先的那種閒談的心態一下子就全停了。甚至很多人都開始屏住了呼吸，等待著開標的資訊！

就是王彪這般的老手，在這個時候，也是雙眼下意識地看著主辦方搭建起來的那個小型平台，似乎是想要第一時間裏，瞭解到自己投標情況。

而不到兩三分鐘的時間，輕鬆的音樂停止了，轉而是主持人試話筒的聲音。雖然那「咳咳」的聲音，聽起來分外刺耳和無聊，卻吸引了場地上所有人的注意力！

「一號，九十萬！」

「二號，九百七十萬！」

「三號，一百六十九萬！」

「……」

賈似道一聽，心裏就是一顫。王彪和劉宇飛聽聞了前面幾個標號所開出來的價格之後，心裏也是一驚！三人相互之間看了一眼，都露出了驚詫的眼神。

「該不會是攔標吧？」賈似道下意識地說了一句。

「肯定不會。」劉宇飛很肯定地說了一句，「即便有貨主攔標，也沒可能前十份毛料，都被貨主給攔截了吧？」因為在開標的時候，都是十個號十個號一塊兒報的，中間沒有一點間隔時間。而劉宇飛這麼一說，王彪也露出了一個深以為然的眼神。

「恐怕，是想給大夥兒一個下馬威吧。」王彪琢磨著，才接著說了一句：「不過，翡翠原料價格上的上漲是勢不可擋的。而揭陽的翡翠公盤所開出來的價格，又是國內諸多大大小小翡翠公盤的風向標。這麼一場公盤下來，恐怕，有不少的人會打消去其他翡翠公盤的念頭了。」

「可不是。」賈似道嘀咕一句，「就那二號翡翠原石，九百七十萬的價格，實在是有些離譜。」

那塊翡翠原石，賈似道的腦海裏自然還有著一定的印象。也就是幾人最初所察看的那塊紫色翡翠原石。貨主開出來的底價，是五百萬。而重量，也在三百二十公斤左右。以九百七十萬的價格競標下來，幾乎是每三萬塊錢一公斤了。這樣的價格，拿到翡翠市場上去，哪怕就是一些小型表現非常搶眼的翡翠原石，恐怕也有所不及。

「賠死你們。」賈似道的心頭，莫名就有一種吃不到葡萄說葡萄酸的感覺。好在，那塊翡翠原石賈似道用自己的特殊能力感知探測過，九百七十萬的價格，買主肯定會虧。

雖然虧得不多，卻也虧了不是？

而且，不管是誰收下這塊翡翠原石，若還想著收回成本的話，也只有兩種可能性。一個就是把這塊翡翠原石，原封不動地以高價轉讓出去，前提自然是需要有人敢接手了。而另外一個可能，就是把翡翠原石給藏起來，以現在翡翠價格的上漲趨勢來看，過個三五年的，或許還真的有點賺頭。

但是，這麼一大筆資金囤積起來，買主的心裏會不會好受，可就不是賈似道所能猜測得到了。

「唉，看來，這翡翠公盤，的確不適合我這樣的商人來參加。」李詩韻剛聽了幾個開標的價格，眉頭就緊鎖了起來。

「這價格漲得的確是有些離譜。」連紀嫣然也如此感歎了一句。

只是，到了這個時候，即便你手頭還有錢，也沒有任何辦法了。總不能把那些填好、並且工作人員也統計好的單子要回來，再繼續加注吧？

賈似道的心頭莫名就有一種擔心。其他幾塊看中的翡翠原石，要是別人價格出得更高，拿走了無所謂。但是，一百八十九號標，可一定要中啊！

請續看《古玩人生》之六　古玩泰斗

【附錄】

兩岸主要古玩市場・市集地址

台灣古玩市場・市集地址

台北市建國假日玉市：北市仁愛路、濟南路及建國南路高架橋下

台北市光華假日玉市：新生北路與八德路口

台北市三普古董商場：台北市新生南路一段十四號

台北市大都會珠寶古董商場：台北市中山區松江路二九一號地下一樓

新竹市東門市場：新竹市東區中正路一〇六號

台中市立文化中心周遭：英才路、美村路、林森路、公益路、金山路和民生路等地段

台中市第五期重劃區：大隆路、精明一街、精明二街、東興路和大業路等地段

彰化：彰鹿路

高雄市：廣州街、廈門街、七賢三街、中正路、大豐路等

大陸古玩市場·市集地址

北京古玩城：北京市朝陽區東三環南路廿一號
北京潘家園舊貨市場：北京市朝陽區華威里十八號
上海國際收藏品市場：上海市江西中路四五七號
天津古物市場：天津市南開區東馬路水閣大街三十號
天津古玩城：天津市南開區古文化街
重慶市綜合類收藏品市場：重慶市渝中區較場口八二號
廣東省深圳市古玩城：廣東省深圳市樂園路十三號
廣東省深圳華之萃古玩世界：廣東省深圳市紅嶺路荔景大廈
江蘇省南京夫子廟市場：江蘇省南京市夫子廟東市
江蘇省南京金陵收藏品市場：江蘇省南京市清涼山公園
浙江省杭州市民間收藏品交易市場：浙江省杭州市湖墅南路
浙江省紹興市古玩市場：浙江省紹興市紹興府河街四一號
福建省白鷺洲古玩城：福建省廈門市湖濱中路
福建省泉州市塗門街古玩市場：福建省泉州市狀元街、文化街及鐘樓附近
河南省洛陽市西工古玩市場：河南省洛陽市洛陽中州路
河南省洛陽市潞澤文物古玩市場：河南省洛陽市九都東路一三三號

湖北省武昌市古玩城：湖北省武昌市東湖中南路

四川省成都市文物古玩市場：四川省成都市青華路三六號

遼寧省大連市古玩城：遼寧省大連市港灣街一號

遼寧省瀋陽市古玩城：遼寧省瀋陽市瀋陽故宮附近

黑龍江省哈爾濱市馬家街古玩市場：黑龍江省哈爾濱市南崗區馬家街西頭

吉林省長春市吉發古玩城：吉林省長春市清明街七四號

山東省青島市古玩市場：山東省青島市昌樂路

河北省石家莊市古玩城：河北省石家莊市西大街一號

山西省平遙古物市場：山西省平遙縣明清街

山西省太原南宮收藏品市場：山西省太原市迎澤路

陝西省西安市古玩城：陝西省西安市朱雀大街中段二號

安徽省合肥市城隍廟古玩城：安徽省合肥市城隍廟

甘肅省蘭州古玩城：甘肅省蘭州市白塔山公園

雲南省昆明市古玩城：雲南省昆明市桃園街一一九號

江西省南昌市滕王閣古玩市場：江西省南昌市滕王閣

貴州省貴陽市花鳥古玩市場：貴州省貴陽市陽明路

湖南省長沙市博物館古玩一條街：湖南省長沙市清水塘路

古玩人生 之5 天價爭鋒

作者：鬼徒
發行人：陳曉林
出版所：風雲時代出版股份有限公司
地址：105台北市民生東路五段178號7樓之3
風雲書網：http://www.eastbooks.com.tw
官方部落格：http://eastbooks.pixnet.net/blog
Facebook：http://www.facebook.com/h7560949
信箱：h7560949@ms15.hinet.net
郵撥帳號：12043291
服務專線：(02)27560949
傳真專線：(02)27653799
執行主編：劉宇青
美術編輯：許惠芳

法律顧問：永然法律事務所 李永然律師
北辰著作權事務所 蕭雄淋律師

版權授權：蔡雷平
初版日期：2016年11月
初版二刷：2016年11月20日
ISBN：978-986-352-369-7

總 經 銷：成信文化事業股份有限公司
地　　址：新北市新店區中正路四維巷二弄2號4樓
電　　話：(02)2219-2080

行政院新聞局局版台業字第3595號 營利事業統一編號22759935

國家圖書館出版品預行編目資料

古玩人生／鬼徒 著. -- 初版-- 臺北市：風雲時代，
2016.08 -- 冊；公分

ISBN 978-986-352-369-7（第5冊；平裝）

857.7　　105012837